Mujer de rojo

YVONNE LINDSAY

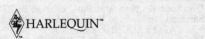

HARLEQUIN™

Capítulo Uno

Adam Palmer miraba al grupo de jugadores que había frente a él, extendidos frente a la mesa del crupier como las cartas de una baraja, sin percatarse, como siempre, de las miradas que lanzaban sobre él mujeres de todas las edades y estados civiles.

Sus clientes europeos, invitados por él, estaban pasándolo bien en una de las mesas del casino Sky City de Auckland; los ojos clavados en los movimientos del crupier como si la vida les fuera en ello. La noche iba particularmente bien y debería sentirse satisfecho.

Pero no lo estaba.

Le seguía molestando que su secretaria, Lainey Delacorte, no pudiera estar allí esa noche. ¿Desde cuándo ponía su vida personal por encima del trabajo? Ni una sola vez en los dos años y medio que llevaban trabajando juntos lo había hecho y Adam se había acostumbrado a contar con ella.

Al menos había encontrado una secretaria cuya ética profesional igualaba la suya. Incluso la sobrepasaba en ocasiones, debía reconocer, pensando en las mañanas que llegaba a la oficina y Lainey ya estaba delante del ordenador.

La necesitaba allí para asegurarse de que sus clientes y, sobre todo, las esposas de sus clientes, tuvieran todo lo que necesitaban. La experiencia le había enseñado el valor de tener contentos a los clientes y Lainey Delacorte se había convertido en su arma secreta para conseguirlo.

A su manera, Lainey hacía que todo el mundo se sintiera cómodo, desde los más serios directores de empresa hasta los nietos de esos directores, obsesionados con la *play station*.

Tal vez porque su serenidad invitaba a las confidencias, Lainey lo ayudaba a conseguir información; una información que servía de mucho en la mesa de negociaciones.

Y la echaba de menos aquella noche.

Algo a su izquierda llamó su atención entonces. Algo brillante, el brillo de un cabello castaño con reflejos rojizos…

Adam se fijó en la mujer de inmediato. Alta y elegante, vestida de rojo, se movía con una gracia que le resultaba vagamente familiar. Estaba de espaldas y le gustaría que se diese la vuelta para comprobar si de frente era igualmente atractiva.

Estaba seguro de que no la conocía… al menos íntimamente. Adam prefería a las morenas bajitas, la clase de mujer que parecía necesitar protección de un hombre como él; un hombre alto, fuerte y que controlaba absolutamente su entorno.

Y la mujer de rojo no era ese tipo de mujer. Adam miró los tacones e imaginó que, subida en ellos, seguramente estarían cara a cara y, curiosamente, esa idea le pareció muy interesante.

Aquella mujer no parecía necesitar protección de nadie; se movía como si lo tuviera todo y pudiese elegir.

Adam saboreó la emoción de la caza y de un final satisfactorio para los dos. La manera en la que la tela de vestido parecía acariciar sus curvas dejaba poco a la imaginación y no sería ningún problema para él acariciar esa deliciosa piel, centímetro a centímetro, en la privacidad del apartamento que tenía en la ciudad para noches como aquélla.

Sonriendo, apretó el vaso de whisky que tenía en la mano. Le encantaban las mujeres; le gustaba todo de ellas.

Desgraciadamente, cortar la relación no era siempre tan sencillo como debería. No todas las mujeres querían el tipo de relación superficial, sin compromisos, que él estaba dispuesto a ofrecer. Pero el final estaba muy lejos en aquel momento y lo único que le interesaba era el comienzo. Hacía meses que se limitaba a flirtear amablemente con unas y con otras y estaba preparado para mucho más.

Más que preparado.

El funeral del mes anterior por la esposa de su profesor favorito, el profesor Woodley, le había hecho ver lo aislado que estaba. El viejo profesor parecía perdido sin su esposa. No era de los que mostraban emoción en público, pero Adam se había dado cuenta de que en sus ojos había un dolor que nada ni nadie sería capaz de aliviar.

Y lo había envidiado por haber vivido esa clase de amor, por conocer la devoción que hacía que dos personas se convirtieran en una pareja ya que dudaba que eso fuera a pasarle a él.

Al otro lado del casino, la mujer de rojo circulaba entre la gente y Adam la siguió con la mirada. ¿Cómo sería en la cama?, se preguntó. ¿Aventurera? ¿Divertida? O tal vez, con ese aspecto tan sensual, tan elegante, silenciosa y lánguida.

Adam tomó un sobro de whisky y dejó que el calor de la malta calentase su lengua antes de tragarlo. Fuera como fuera, no tenía la menor duda de que pronto lo descubriría, pensó, dejando el vaso sobre la barra del bar para acercarse a ella.

Había llegado el momento de las presentaciones.

Pero a medio camino se detuvo, haciendo una mueca de disgusto cuando un hombre bajito y fornido la tomó del brazo.

Lee Ling.

Aquel hombre se movía en el casino como un tiburón blanco. Nada descarado, por supuesto, o sería expulsado de allí, pero cualquiera que se aventurase en el mundo del juego sabía que si te faltaban unos miles de dólares durante una partida, Lee Ling era tu hombre.

Adam intentó contener su decepción. Sólo había una clase de mujer que se asociase con Ling y no era la clase de mujer con la que él querría tener relación alguna. Ni siquiera por una noche. Desilusionado, iba a dar marcha atrás cuando la mujer de rojo se volvió hacia su acompañante. Su perfil, antes parcialmente oscurecido por su magnífica melena, le resultó inmediatamente reconocible.

Y se le heló la sangre en las venas.

¿Lainey?

¿Qué demonios estaba haciendo allí su secretaria? Y, sobre todo, ¿qué estaba haciendo con Ling?

El deseo que había sentido por ella se convirtió en furia. Si Lee Ling estaba interesado en industrias Palmer, Adam podía despedirse del negocio. Aquel hombre era capaz de vender información secreta a cambio del pago de una deuda y Lainey lo sabía tan bien como él. ¿A qué estaría jugando, del brazo de aquel prestamista? Especialmente con ese aspecto tan tentador.

La pareja se volvió y Adam se quedó sin aire. El vestido de Lainey era tan atractivo por delante como por detrás. Unas finas tiras, desafiando las leyes de la física, sujetaban un corpiño de lentejuelas que levantaba sus pechos de manera invitadora.

¿Quién hubiera imaginado que tenía esa figura? Si algún día acudía así a la oficina no podrían trabajar ni durante un segundo. Era lógico que intentase esconder ese cuerpazo bajo unos trajes que no acentuaban en absoluto sus curvas. Y ese pelo… en lugar de la preciosa melena lisa, Lainey solía llevarlo sujeto en un moño.

Parecía otra mujer, alguien completamente diferente. Aquella sirena que, incluso después de haberla identificado lo estaba volviendo loco, no parecía su discreta ayudante, que nunca quería llamar la atención en el trabajo.

El trabajo. El recordatorio fue como una ducha fría. Supuestamente, Lainey debería estar trabajando allí esa noche. Para él. No adornando el brazo de un sanguijuela como Ling.

Ling y ella se acercaban en ese momento, parándose de vez en cuando para saludar a alguien. Aunque Adam no era extraño al juego, siempre calculaba los riesgos. Las grandes apuestas no eran para él. Ni los adictos, el tipo de hombre con el que Ling había hecho una fortuna.

Adam miró a Lainey de nuevo, desde las sandalias plateadas de tacón alto a la brillante melena. ¿Quién era aquella Lainey Delacorte? Pronto lo descubriría, pensó.

En cuanto ella descubrió su presencia sus

ojos verdes se abrieron de par en par, las pupilas tan dilatadas que casi consumían el iris, de color esmeralda pálido…

¿Esmeralda? ¿Sus ojos no eran castaños?

¿Todo en ella era una mentira, incluso el color de sus ojos?

Adam apretó los dientes hasta que le dolió la mandíbula, pero intentó disimular.

¿Qué más mentiras escondería Lainey Delacorte? Era su mano derecha y, de repente, tenía que preocuparse por si esa mano escondía un cuchillo. Si era capaz de convertirse en otra persona de noche, ¿sería también capaz de vender secretos de la empresa Palmer?

Podía ver miedo en sus facciones cuando la confrontación resultó inevitable y tuvo que sonreír. Lee Ling no sería capaz de evitar que le exigiera una respuesta.

—Ling.

—Ah, señor Palmer. ¿Cómo está? —lo saludó el prestamista, con los ojos brillantes.

—Intrigado, Ling. ¿Por qué no me presenta a su…? —Adam no terminó la frase a propósito y comprobó que los ojos verdes de Lainey echaban chispas.

—Sí, por supuesto, le presento a Lainey Delacorte. Lainey, te presento a Adam Palmer… —un hombre se acercó entonces para hablarle al oído y Ling se disculpó—. Vuelvo enseguida. Dejo a la señorita Delacorte en sus manos un momento.

Adam, que ya no confiaba en su voz, se limitó a asentir con la cabeza.

Lainey se movió, incómoda sobre las sandalias de tacón. De todas las personas con las que hubiera podido encontrarse esa noche, tenía que haberse encontrado con su jefe, Adam Palmer, precisamente. Nerviosa, apartó la mirada de sus ojos azules, buscando a toda prisa una explicación satisfactoria.

—De modo que Ling era ese compromiso tan urgente por el que no podías trabajar esta noche.

Adam no se anduvo con rodeos y Lainey, respirando profundamente, intentó mantener la compostura.

—La verdad es que sí.

Que el compromiso fuera un chantaje era algo que no podía contarle a su jefe.

—Se supone que trabajas para mí, no para él.

—¿Quién ha dicho que esté trabajando para él?

Adam emitió un bufido, un sonido muy poco elegante que le resultaba extraño en él.

—Por favor, no me insultes intentando convencerme de que sois una pareja. Sé perfectamente quién es Ling y a qué se dedica. Lo que me gustaría saber es qué tienes que ver tú con él.

—Trabajo para ti de nueve a cinco, Adam, y

de lunes a viernes. Y creo que hago bien mi trabajo, ¿no es verdad? De modo que, con el debido respeto, lo que haga fuera de la oficina es asunto mío y sólo mío.

Lainey se hizo la fuerte cuando Adam dio un paso adelante. Aunque el aroma de su colonia, una mezcla de madera y sándalo, invadió sus sentidos.

Pero era su jefe, de modo que nunca había sobrepasado esa línea divisoria y no pensaba hacerlo ahora, cuando necesitaba su salario más que nunca.

–¿Y si yo quiero que sea asunto mío? –le preguntó Adam, en voz baja.

–Entonces te llevarías una decepción, me temo.

Lainey dio un paso atrás, buscando a Lee con la mirada. ¿Quién habría pensado que se alegraría de tener a Ling a su lado para rescatarla del hombre al que siempre había admirado tanto?

Adam y ella trabajaban juntos todos los días y a veces se rozaban, sin querer. En muchas ocasiones habían estado más cerca de lo que lo estaban ahora. Y, sin embargo, en la oficina sólo sentía respeto por él como jefe y como uno de los empresarios más conocidos de Nueva Zelanda.

Pero aquella noche era diferente.

Se había sentido desnuda cuando sus ojos se encontraron unos minutos antes. Había sentido el calor de su mirada mientras observaba cómo iba vestida y su respuesta física la había sorprendido... su piel se había calentado de repente y experimentó un cosquilleo entre las piernas que le resultaba completamente nuevo. Siempre le había parecido un hombre muy atractivo, como a todas las mujeres, pero había sublimado esa atracción. Hasta aquel momento.

¿Habría ido demasiado lejos al decirle que su vida privada era cosa suya? Esperaba que no. Era cierto que lo que hiciera fuera de la oficina era algo privado y trabajaba mucho para que Adam no pudiera tener la menor queja. Su puesto de trabajo no podía estar en peligro porque la hubiera visto esa noche con Lee en el casino... ¿o sí?

—No creas que esto ha terminado, Lainey —dijo Adam en voz baja, al ver que Ling se acercaba—. Me debes una explicación y exijo que me la des, mañana a primera hora.

Lainey se quedó temblando mientras él se dirigía hacia la ruleta, donde reconoció a los empresarios europeos que habían llegado a Nueva Zelanda aquel mismo día. Debería haber imaginado que los llevaría allí esa noche... y debería haber intentado convencer a Lee para no tener que ir con él.

Pero, a menos que hubiera estado enferma, Lee no se lo habría permitido porque le debía mucho dinero y ella había jurado que se lo pagaría.

Intentando sonreír, Lainey tomó a Lee del brazo una vez más para dar otra vuelta por el casino deseando, no por primera vez, no haberse dejado presionar. Le debía dinero, sí, pero verse obligada a vestir así, a ir de su brazo delante de todo el mundo...

La noche le parecía tan interminable como una cadena perpetua y la amenaza del encuentro del día siguiente con Adam aseguraba que no pegaría ojo aquella noche.

Capítulo Dos

–Verdes.

Lainey miró a Adam, sorprendida por tan extraño saludo.

–¿Perdona?

–Tus ojos eran verdes anoche, pero ahora vuelven a ser marrones. ¿De qué color son en realidad?

Estaba sentado tras su escritorio, mirándola con expresión seria, y Lainey tenía la impresión de que no estaba hablando sólo del color de sus ojos.

–Son verdes –suspiró por fin–. Ahora llevo lentes de contacto.

Aquello iba a ser más difícil de lo que había pensado. Aunque no había conciliado el sueño en toda la noche porque temía la inquisición de su jefe. Había hecho lo posible por llegar antes que Adam, pero él debía haberse levantado antes del amanecer para llegar a la oficina. El café que solía llevarle junto con los periódicos del día ya estaba allí. Había notado el aroma cuando salió del ascensor en la planta privada de Adam en la torre Palmer.

–¿Y por qué los escondes? –le preguntó él,

levantándose para mirarla a los ojos–. ¿Por qué escondes tantas cosas, Lainey?

Ella dio un paso atrás, pasándose las manos nerviosamente por los costados de la chaqueta.

–No sé de qué estás hablando.

–No juegues conmigo, Lainey. Tú sabes muy bien de qué estoy hablando. De esto –dijo él, señalando el aburrido y ancho traje de chaqueta– y de esto…

Estaba señalando su pelo, ahora recogido en un estirado moño… que Adam deshizo en un segundo, tirando las horquillas sobre su escritorio.

Mientras su larga melena resbalaba por sus hombros vio el mismo brillo de interés en sus ojos que había visto por la noche en el casino.

–No estoy escondiendo nada. ¿Qué quieres, que venga a trabajar como iba vestida anoche?

Adam tuvo que sonreír.

–Bueno, eso haría que venir a trabajar fuera mucho más interesante, desde luego. Pero no, no me refería a eso –le dijo, apoyándose en el escritorio–. Llevamos dos años trabajando juntos y, sin embargo, después de anoche, ya no te conozco. ¿Cuál de las dos Lainey es la auténtica?

–¿Y qué más da? Yo hago mi trabajo en la oficina, eso es lo único importante. Tú estás contento, los clientes están contentos… la ropa que me ponga fuera de la oficina no tiene la menor importancia.

–¿Ah, no? ¿Y qué pasa con la gente con la

que te relacionas fuera de la oficina? ¿De verdad crees que ser vista con Lee Ling es bueno para la empresa Palmer?

—Lee ni siquiera sabe que trabajo para ti.

—¿Crees que ninguno de mis clientes te habrá visto con un hombre como Ling? Clientes cuyos asuntos tú conoces tan bien como yo –dijo Adam–. Esto tiene que terminar, Lainey. No sé qué es Ling para ti, pero no puedes seguir viéndolo.

—¡Tú no puedes decirme con quién debo salir fuera de la oficina!

—¿No puedo? Durante el último mes he notado que no prestabas tanta atención al trabajo como antes. Has cometido errores… sé que lo has solucionado después, pero no creas que no me he dado cuenta. Lo que haces fuera de la oficina se refleja en el trabajo… considéralo una advertencia, Lainey. Si los errores continúan, recibirás una advertencia por escrito.

—Pero…

—No voy a tolerar que pongas en peligro la calidad de tu trabajo por culpa de tus actividades extra profesionales.

Lainey lo miró, perpleja. No podía hablar en serio.

—No te gusta la gente con la que salgo fuera de la oficina, pero no puedes esperar que deje de ver a alguien sólo porque crees que eso afecta a mi trabajo… o porque crees que disgustaría a tus clientes si me vieran con él.

–¿Por qué no?

–Porque es absurdo.

–Tú decides, Lainey. Sabes lo importante que es para mí que estés al cien por cien todos los días. Si no puedes prometerme eso, me veré obligado a despedirte.

–¡No puedo perder mi trabajo!

Sabía que había dicho demasiado en cuanto la frase escapó de sus labios, pero en aquel momento la idea de quedarse sin trabajo era aterradora. Si quería llevar a cabo el plan de pagos que había acordado con Lee, con sus desorbitados intereses, tenía que ahorrar todo lo que pudiera.

–Admito que he estado un poco distraída últimamente, pero no volverá a ocurrir.

Adam la observó, en silencio. La idea de perder su puesto de trabajo parecía asustarla de verdad. Y que lo hubiese admitido decía mucho. ¿Estaría en deuda con Ling?, se preguntó. ¿Y cómo habría caído en las garras de ese prestamista?

Con el salario que ganaba, jamás hubiera imaginado que tenía problemas económicos. Claro que tampoco habría imaginado nunca que saldría con alguien como Lee Ling. ¿Sería adicta al juego?

Esa idea era muy inquietante. Después de haber perdido parte del negocio por culpa de la corporación Tremont el año anterior, le preocupaba que su secretaria gastase más de lo que ganaba. Si alguien era vulnerable por razones monetarias, estaba abierto a todo tipo de tentaciones, incluyendo vender secretos de la empresa al mejor postor… algo que estaba en la liga de Lee Ling.

Adam había creído siempre que Lainey estaba por encima de esas cosas, pero ya no estaba tan seguro. Su salario podía compararse con el de alguno de sus ejecutivos, pero él esperaba mucho a cambio de lo que le pagaba. Sin marido y sin hijos que mantener, a menos que también le hubiera mentido sobre eso, la creía una joven sin problemas económicos. Desde luego, nunca habría imagino que le debiera dinero a nadie.

Y podía ver que se sentía incómoda porque tenía los labios apretados, como si así pudiera evitar decir algo más.

¿Cómo podía aquella Lainey, que prácticamente había pasado desapercibida para él como mujer, ser la criatura sensual que había visto en el casino?

Adam la miró de arriba abajo: un aburrido traje de color beige, zapatos planos del mismo color, una blusa abrochada hasta el cuello. Ojos marrones, nada de maquillaje, sólo un toque de brillo en los labios. Y ese pelo, esa gloriosa melena de color castaño con brillos rojizos acariciando los hombros de la chaqueta… era casi un insulto esconderla.

Como le había pasado por la noche, estaba

deseando tocarla, rozar aquella brillante melena con los dedos para ver si era tan suave como parecía. Poner la mano en su cuello y empujar su cabeza hacia él para saborear sus labios, para abrirlos con la lengua…

«Tranquilízate», pensó, enfadado consigo mismo. «Es tu ayudante, no un juguete sexual». Pero, por mucho que lo intentase, no podía evitar ver a la mujer de rojo de la noche anterior.

Suspirando, se dio la vuelta para sentarse de nuevo tras el escritorio, que servía como barrera para esconder su reacción. Una reacción que no parecía capaz de controlar.

¿Cuándo había perdido el control?, se preguntó. Era algo que no le había ocurrido nunca.

Lo enfurecía que Lainey tuviera ese poder sobre él. Lainey Delacorte era su secretaria, su mano derecha en el trabajo. Nunca se había fijado en ella como mujer y no quería hacerlo. No quería desearla.

Pero así era.

—¿Qué es Ling para ti? —le preguntó directamente.

—Somos… somos…

—¿Sí?

—Soy su acompañante —contestó Lainey por fin, irguiendo los hombros, como retándolo a llamarla mentirosa.

—¿Su acompañante? —repitió Adam, levantando una ceja—. ¿No me digas?

–Que yo sepa, no hay ninguna ley que me prohíba ser su acompañante.

–¿Y existe un arreglo económico para… que seas su acompañante?

Que se pusiera colorada era, lamentablemente, la respuesta que esperaba. Aunque ella negaba vigorosamente con la cabeza.

El teléfono de su despacho empezó a sonar y Lainey hizo un movimiento hacia la puerta.

–Déjalo –dijo Adam–. Aún no hemos terminado.

¿Cómo podía no haberse fijado nunca en lo suave que era su piel, en esa complexión de porcelana?

–¿Cuántas veces ves a Ling… como acompañante?

–Un par de veces a la semana. ¿Por qué?

–¿Y los fines de semana?

–A veces, también.

A Adam se le ocurrió una idea entonces. Quería saber hasta dónde llegaba su compromiso, y tal vez su deuda, con el prestamista. ¿Mordería el anzuelo?, se preguntó. Esperaba que no fuera así. Esperaba que dijese que no y poder así darle la vuelta al reloj, antes de verla con ese vestido rojo, antes de verla y desearla con todas sus fuerzas.

–¿Vas a ver a Ling este fin de semana?

–¿Por qué lo preguntas?

–El viernes voy a llevar a mis clientes europeos a Russell para enseñarles la ciudad. Quiero que vengas con nosotros en el segundo coche y que actúes como anfitriona este fin de semana.

–¿Desde cuándo mis horas de trabajo incluyen los fines de semana? –preguntó Lainey.

–Desde que estoy dispuesto a pagártelo como horas extra.

Adam mencionó una cifra que la hizo levantar las cejas, sorprendida. Si lo que había entre ella y Ling fuera una relación de verdad, no aceptaría ir con él. Pero si aceptaba su oferta, estaba claro que Lainey tenía un serio problema.

Los hombres como Lee Ling tenían la habilidad de mover la portería cuando uno pensaba que había marcado un gol y la mayoría de sus víctimas no entendían en qué clase de problema podía meterles un préstamo cuyo interés aumentaba en progresión geométrica cada día. Si Lainey estaba con Ling por un problema económico, necesitaría todo el dinero que pudiese encontrar.

Pero intentó disimular. No quería que se diera cuenta de que había descubierto el problema.

–¿A qué hora nos vamos?

Adam tuvo que disimular su decepción. Había aceptado y eso se lo decía todo.

–Saldremos a las once y pararemos en Puhoi para comer. Los antepasados del señor Schuster están entre los pobladores de Bohemia que llegaron aquí en 1860 y creo que le gustará conocer el sitio.

—¿Y nuestros planes cuando estemos en Russell?

—El sábado iremos a ver la famosa roca y los delfines, si el tiempo lo permite. Y posiblemente el domingo jugaremos al golf e iremos de excursión. Volveremos a Auckland el lunes por la tarde.

—¿Tendré que llevar ropa formal o informal?

Adam sonrió.

—¿Como el vestido de anoche?

De nuevo, Lainey se puso colorada, aunque esta vez parecía más enfadada que otra cosa.

—No, no te preocupes. Ropa informal durante todo el fin de semana. Nos alojaremos en Whakamarie —Adam mencionó un hotel de cinco estrellas conocido por contener una serie de villas separadas para los clientes—, y he pedido un servicio de catering para todo el fin de semana.

—Muy bien. Imagino que saldremos desde aquí.

—Sí, pero comprueba que los dos coches tengan el depósito lleno y estén en el garaje de la oficina el viernes por la mañana.

Después de darle una lista de instrucciones, Adam le dijo que podía irse y, una vez solo, se echó hacia atrás en el sillón, mirando por la ventana desde la que se veía el puerto de la ciudad de Auckland, que incluso a media semana estaba lleno de yates. Y, en aquel momento, envidiaba la libertad de sus propietarios.

Adam se levantó del asiento para dirigirse al despacho de Lainey. Ella tenía el teléfono apoyado entre el cuello y el hombro mientras tecleaba algo en el ordenador. Apoyándose en el quicio de la puerta, se quedó mirándola.

–Este fin de semana, sí. No, no estoy disponible, tengo un asunto urgente de trabajo.

Evidentemente, estaba diciéndole a Ling que no podía verlo ese fin de semana. Sabía que debería sentirse satisfecho, pero en realidad era una victoria pírrica.

–Dije que te daría tu dinero la semana que viene… sí, ya sé que me he retrasado, pero te doy mi palabra de que lo tendrás cuando vuelva… –entonces giró la cabeza y se quedó callada al ver a Adam en la puerta–. No puedo hablar ahora. Te llamaré el lunes por la noche.

Lainey colgó el teléfono y levantó la barbilla para mirarlo.

–¿Querías algo?

–Sí, que no te pongas ese traje tan ancho ni las lentillas –dijo él entonces–. Quiero que este fin de semana seas la auténtica Lainey. De hecho… –Adam metió la mano en el bolsillo del pantalón para sacar una tarjeta de crédito– cómprate algo decente para este fin de semana.

Ella miró la tarjeta, que había caído sobre su mesa.

–¿Te preocupa que no tenga nada que ponerme?

–A juzgar por lo que te pones para venir a la oficina, sí, me preocupa. Imagino que el vestido que llevabas anoche te lo compró Ling y, sencillamente, yo me ofrezco a hacer lo mismo.

Lainey se irguió un poco más, si eso era posible. Pero no dejó de mirarlo a los ojos mientras tomaba la tarjeta.

–Gracias –le dijo, con tal rabia que Adam deseó haber manejado el asunto de otra manera–. No te preocupes, no te defraudaré.

Después, se levantó del sillón para acercarse al armario donde guardaba el bolso y metió allí la tarjeta. Pero mientras volvía a su escritorio Adam notó que estaba temblando.

–¿Te importaría decirme en calidad de qué voy a ir contigo este fin de semana para que creas necesario comprarme ropa?

Lo había preguntado con un tono seco que dejaba bien claro lo enfadada que estaba en ese momento. Y, sin embargo, Adam se tomó su tiempo para responder:

–En calidad de acompañante, Lainey. Mi acompañante.

Capítulo Tres

–No entiendo por qué tienes que estar fuera todo el fin de semana.

El abuelo de Lainey, Hugh Delacorte, siguió cambiando la tierra a los tiestos del invernadero. Incluso después de treinta años como presentador de un conocido programa de jardinería en televisión, *Jardinería con Hugh*, no había perdido el amor por lo más básico de su trabajo.

Lainey se apoyó en la pared, suspirando.

–Ya te lo he explicado. Han venido unos clientes europeos y tenemos que hacer que se diviertan. Es una cosa de trabajo.

Al menos, eso esperaba.

–Eso no hubiera ocurrido en mis tiempos. Es increíble que una secretaria tenga que pasar el fin de semana con su jefe… a menos, claro, que entre ellos hubiera algo –Hugh levantó la cabeza para mirar a su nieta como solía hacer cuando era una adolescente y llegaba tarde a casa.

–No te preocupes, no hay nada entre mi jefe y yo.

–Bueno, de todas formas, esas cosas no pasaban en mis tiempos –refunfuñó él.

No, era cierto. Y tampoco había un casino

en Auckland entonces, de modo que su abuelo sólo habría podido jugarse algo de dinero en las carreras de caballos o en una amistosa partida de póquer con sus colegas del estudio de televisión.

–¿Abuelo?

–¿Sí?

–Prométeme que no irás a la ciudad mientras yo estoy fuera.

Hugh Delacorte se dio la vuelta para mirarla y Lainey sintió que se le encogía el corazón. Él siempre había sido su ancla, incluso cuando la regañaba de adolescente, tras la muerte de sus padres en un accidente de tráfico. Pero ahora los papeles se habían cambiado y era Hugh quien dependía de ella.

–¿A la ciudad?

–Ya sabes a qué me refiero: al casino. Prométeme que no saldrás de casa. Con lo que me van a pagar por trabajar este fin de semana casi podré pagarle a Lee el dinero que le debes.

–¡Eso no es problema tuyo! –exclamó su abuelo, avergonzado.

–Pero es que sí es problema mío. No quiero que te preocupes por esa deuda, abuelo, dije que te ayudaría y lo haré.

–¿Y piensas ayudarme pasando un fin de semana con tu jefe? Debe pagarte mucho dinero si así vamos a poder pagar a esa sanguijuela de Ling.

–Abuelo, sólo vamos a trabajar...

–Quieres hacerme creer que no tienes nada con tu jefe, pero yo no te creo.

Los ojos de Lainey se llenaron de lágrimas, pero las contuvo. No quería llorar delante de Hugh porque si se daba cuenta de cuánto la angustiaba aquella situación no dejaría que lo ayudase. Sabía cómo lo había avergonzado que descubriera su deuda con el prestamista…

–No hay nada entre mi jefe y yo, te lo aseguro. Y, por favor, no vayas al casino. No podré concentrarme este fin de semana si tengo que estar preocupada por ti.

–Más bien soy yo quien debería estar preocupado por ti –replicó su abuelo.

–No tienes que preocuparte –suspiró Lainey, intentando olvidar el comentario de Adam de que sería «su acompañante».

Tenía que haberlo dicho de broma. Era imposible que Adam Palmer esperase de ella algo más que su trabajo como secretaria porque hasta la noche anterior jamás había mostrado el menor interés por ella como mujer. Además, sabía que no era su tipo. ¿Por qué iba a empezar a interesarse ahora?

Pero no podía dejar de pensar en el brillo de sus ojos cuando la reconoció en el casino. Claro que ella no era esa mujer. Daba igual las expectativas que él tuviera para el fin de semana, Lainey no era esa mujer.

Suspirando, se inclinó para besar a su abuelo en la mejilla.

—Te quiero mucho.

—Yo también a ti, hija.

Lainey lo miró durante unos segundos antes de salir del cobertizo que usaba como taller y entrar en la casa. Había envejecido diez años en los últimos meses y la preocupaba dejarlo solo ese fin de semana. Llevaba casi cuatro semanas sin ir al casino, pero… ¿se atrevía a esperar que no volviese nunca?

Cuando entró en la casa miró los numerosos premios que había ganado su abuelo por su programa de televisión sobre jardinería, todos colocados sobre la repisa de la chimenea.

Hugh no se había tomado bien la jubilación pero, ocho años antes, la cadena de televisión había pensado que a los sesenta y cinco ya no estaba en su mejor momento y habían contratado a un presentador más joven. Aunque aún recibía cartas de sus fans.

El trabajo que empezó a hacer desde entonces como portavoz de una cadena de invernaderos lo había hecho feliz durante un tiempo, pero ese trabajo requería que viajase por todo el país y, al final, a los setenta años, había tenido que retirarse.

Y entonces descubrió el casino y la emoción de ganar, por un tiempo al menos. Cuando sus ganancias le dieron entrada a la zona VIP de jugadores, la cosa había tomado un rumbo muy diferente y Lainey se quedó horrorizada al descubrir que, en un corto periodo de tiempo, se había visto endeudado hasta el cuello.

Y no le quedó más remedio que insistir en usar sus propios ahorros para pagar su deuda con Lee Ling. Después de todo, ella no pagaba nada en la casa, algo que según su abuelo era innecesario. Pero Lainey sabía que el dinero del seguro de vida de sus padres prácticamente se había agotado y Hugh estaba viviendo de lo que había ahorrado de sus días en televisión.

Cuando fue a pagar al prestamista, Ling le había informado de la cantidad que le debía su abuelo y propuesto una forma alternativa de pago: por cada noche que lo acompañase al casino, no le cargaría el interés normal sobre la deuda.

Lainey quería a su abuelo más que a nadie en el mundo. Hugh había cuidado de ella cuando sus padres murieron y había tenido que soportar su comportamiento rebelde durante la adolescencia, algo que hacía para enmascarar el dolor. Y también había estado a su lado cuando por fin se tranquilizó y empezó a portarse como una adulta.

Cuando el interés del público por la trágica muerte de sus padres se desvaneció y ella había dejado de luchar contra el mundo, lo único que deseaba era que la dejasen en paz. Incluso cambió de colegio, apuntándose al nuevo con el apellido de su abuelo para pasar desapercibida. Y él la había apoyado en todo momento.

Lainey había dependido de su abuelo para todo.

Ahora le debía ese favor. Tenía que pagar la deuda que tenía con Ling y sacarlo de aquel horrible apuro. De modo que había aceptado la propuesta de Ling de acompañarlo al casino, para «endulzar» sus tratos con los clientes. Odiaba cada segundo, pero mientras pudiese ayudar a su abuelo, lo haría.

Y aquel fin de semana también merecería la pena, se dijo.

Pero cuando se iba a la cama esa noche se dio cuenta de que su abuelo no le había prometido que no iría al casino, de modo que sólo podía rezar para que así fuera. Esperaba con todo su corazón que no se arriesgase de nuevo porque si era así, todo lo que ella estaba haciendo no serviría de nada.

Lainey estaba preocupada pensando que se sentiría incómoda con Adam durante el fin de semana, pero no debería haberse preocupado en absoluto.

Las esposas de los clientes decidieron viajar con ella mientras los hombres iban en el coche con Adam y, durante el viaje, parecieron contentarse con que ella se dedicara a conducir, señalando algunos lugares de interés por la ventanilla de vez en cuando, hasta que llegaron a Puhoi.

Después de comer en el histórico restaurante del pueblo, el grupo dio un paseo, deteniéndose de vez en cuando en alguna tienda de regalos hasta que llegaron al cementerio. Allí, el señor Schuster encontró las tumbas de algunos de sus antepasados. Y estaba claro por las inscripciones en las lápidas que aquella gente había vivido una vida muy dura.

En realidad, era difícil reconciliar el Puhoi de hoy con el que aquella gente debía haberse encontrado más de un siglo atrás, cuando llegaron de Praga, un viaje por barco que había durado cuatro meses.

Pero todos estaban encantados de estar allí y, evidentemente, el detalle de Adam los había conmovido.

Lainey sabía lo importante que eran las exportaciones de lana de la empresa Palmer a la república Checa, el origen de los pobladores de Bohemia que habían llegado allí tantos años antes, pero dudaba que ésa fuera la razón por la que Adam había decidido parar en Puhoi.

Adam Palmer era un hombre que respetaba la familia y la herencia familiar. Cualquiera que trabajase para él sabría el respeto y el cariño que sentía por sus padres. Tanto el señor como la señora Palmer trabajaban para la empresa, aunque ella dedicaba su tiempo a la Obra Social, que patrocinaba varias casas de acogida para adolescentes huérfanos o problemáticos.

Si Lainey no hubiera tenido a su abuelo para cuidar de ella cuando sus padres murieron, seguramente habría acabado en una de esas casas.

Aunque Adam era hijo único, Lainey sabía por sus primos, sobre todo Brent Colby, que salía mucho en las revistas del corazón últimamente, que todos se tenían mucho cariño. Para ellos la familia era algo indestructible y eso explicaba que se hubiera molestado tanto por los clientes.

El resto de la jornada hacia el norte, hacia Russell, transcurrió sin el menor problema. Lainey seguía a Adam en el todoterreno negro que le había adjudicado… y le encantaba lo suave que era el poderoso coche.

Pararon de nuevo en la ciudad de Whangarei, donde sus invitados se quedaron encantados con una demostración de vidrio soplado que hizo uno de los artesanos de la zona. Pero para cuando llegaron al hotel de Russell, estaba un poquito cansada de conducir y de hacer de guía turística.

Cuando daba la vuelta al coche para sacar los equipajes del maletero, Adam la detuvo.

–Déjalo.

Se había materializado a su lado de repente y estaba tan cerca que podía sentir el calor de su cuerpo a través del jersey. El jersey que él había pagado.

–Los empleados del hotel se encargarán del

equipaje. Estás aquí como mi acompañante, no como mi criada.

Lainey asintió con la cabeza, decidida a mantener las distancias durante el fin de semana. La palabra «acompañante» no dejaba de repetirse en su cabeza.

Debería haberle dejado claro que «acompañante» era una persona que acompañaba y nada más. Claro que otra vocecita le preguntaba cuánto protestaría si él esperase otra cosa.

Adam Palmer era, sin la menor duda, un hombre muy atractivo. Desde el pelo oscuro a las suelas de sus zapatos hechos a mano, era el epítome del éxito y el poder, algo que resultaba muy atractivo. Y, sin embargo, seguía soltero.

A los treinta y cuatro años, ocho más que ella, había tenido varias relaciones, pero nunca había dado el paso definitivo hacia el altar. Y siendo un hombre para quien la familia era tan importante, resultaba sorprendente que no se hubiera casado todavía.

Pero mientras ponía una mano en su espalda para guiarla hacia la puerta, Lainey se recordó a sí misma que no era asunto suyo lo que Adam Palmer hiciera con su vida.

Tras la publicitada muerte de sus padres y su horrible comportamiento después de la tragedia, por no hablar del escrutinio público al ser la nieta de alguien tan conocido como Hugh

Delacorte, Lainey valoraba la intimidad por encima de todo. Por eso no solía contarle a nadie quién era su abuelo.

Era más fácil ir por la vida siendo una desconocida... hasta que las deudas de Hugh lo habían puesto todo patas arriba.

Lainey arrugó el ceño, preguntándose si volvería al casino ese fin de semana.

–¿Algún problema? –preguntó Adam, inclinándose un poco para hablarle al oído.

–No, no pasa nada –murmuró ella, sintiendo que se le ponía la piel de gallina.

¿Por qué reaccionaba así?, se preguntó. Aunque nunca le había molestado tener un jefe tan guapo, al contrario, hasta entonces no se había sentido en absoluto atraída por él.

¿Era porque había visto a la Lainey Delacorte que había bajo la ropa ancha y las lentillas oscuras? ¿Porque, por una vez, quería que la viese como la mujer que era?

Pero pensar esas cosas no llevaba a ningún sitio, se dijo. No, estaba allí para hacer un trabajo y eso era lo que pensaba hacer: actuar como guía para los clientes y asegurarse de que todo saliera como estaba previsto.

Sabía que la familia Palmer ganaba millones con sus negocios, pero no estaba preparada para la elegancia y el lujo del hotel, que era en realidad una fabulosa finca con varias casas distribuidas por el inmenso jardín.

Desde allí podía ver una panorámica de las

islas Bay y la piscina olímpica daba la impresión de estar colgada sobre el mar.

La casa en la que entró con Adam debía de ser la más lujosa de todas. Lainey sabía, porque había enviado allí a muchos clientes, que tenía cuatro suites, cada una con su cuarto de baño, pero la belleza de su habitación la dejó boquiabierta.

Los cuadros debían valer más que todas sus posesiones juntas. De niña no había conocido la pobreza, al contrario, pero aquello era increíble...

–¿Tienes un minuto? –le preguntó Adam desde la puerta.

–Sí, claro. Dime.

–Sólo quería enseñarte la oficina. Tenemos que hacer algunos cambios en el contrato que estoy negociando con el señor Schuster.

Lainey dejó escapar un imperceptible suspiro de alivio. Muy bien, si era una cuestión de trabajo, no había el menor problema. Eso era algo que podía hacer automáticamente.

–¿Los Schuster y los Pesek ya están instalados?

–Sí, pero han dicho que querían salir a estirar un rato las piernas antes de cenar. Hemos quedado en el porche a las seis para tomar un aperitivo, de modo que tenemos una hora para hacer esos cambios en el contrato antes de firmarlo.

–¿Ya está a punto de firmarse? El otro día

me dio la impresión de que el asunto no iba tan bien.

–Hemos conseguido ponernos de acuerdo durante el viaje.

–¿Ése era tu objetivo? ¿Por eso hemos venido en dos coches?

–Me gusta hacer las cosas como es debido y no necesariamente siempre en una oficina. La corporación Tremont ha estado metiendo la nariz últimamente y no vamos a perder otro contrato por culpa de Josh Tremont si yo puedo evitarlo.

–Ah, ya entiendo.

–Durante el viaje hemos tenido oportunidad de charlar, de que me dijeran lo que pensaban. Dos perros, un hueso, ya sabes. Estoy seguro de que firmaremos el contrato antes de volver el lunes a Auckland.

Adam llevó a Lainey a la oficina, una sala con equipo informático de última generación, y no tardaron mucho en hacer los cambios necesarios. Cambios que Lainey debía admitir eran más ventajosos para Schuster y Pesek de lo que ella esperaba en un contrato de esa magnitud. Estaba casi terminando cuando Adam se levantó.

–Voy a ducharme. Y cuando hayas enviado el nuevo contrato al departamento jurídico, tú deberías hacer lo mismo. Relájate durante unos minutos antes de la cena.

–¿No quieres que espere el correo de respuesta?

Él sacó el móvil del bolsillo.

–Yo me encargo de eso, no te preocupes. Si hay algún cambio te lo diré. Por cierto… –Adam se detuvo en la puerta–, me gusta lo que te has puesto hoy.

–Debería gustarte, lo has pagado tú –dijo Lainey.

Cuando terminó con el contrato volvió a la habitación y se tomó unos segundos para admirar la fabulosa panorámica desde el ventanal. Si algún día tenía la oportunidad de vivir en un sitio como aquél no se cansaría nunca de admirarlo. Había algo en el mar, tranquilo como estaba aquel día o bravo durante una tormenta, que siempre le daba cierta paz.

Aquel fin de semana iba a ser agradable, pensó. Todo iba a salir bien, estaba segura.

Lainey entró en el vestidor, donde algún empleado del hotel había dejado su bolsa de viaje, y buscó el vestido que había comprado para esa noche. Pero cuando iba a colgarlo en la percha se quedó helada.

En el armario había camisas de hombre, pantalones, chaquetas…

Alguien había cometido un terrible error. Aquélla era su habitación, ¿no?

Rápidamente, se dio la vuelta para mirar en los cajones. Y al abrir el primero encontró calzoncillos y calcetines.

Su corazón empezó a latir a toda velocidad. Alguien había cometido uno error, desde luego. Tomando su bolsa de viaje, Lainey salió del vestidor…

—¿Dónde vas? —al oír la voz de Adam se quedó helada.

Acababa de salir de la ducha y tenía el pelo despeinado, como si se lo hubiera secado con una toalla a toda prisa, gotas de agua corriendo por sus hombros y su torso desnudo…

Nerviosa, Lainey tuvo que tragar saliva. Pero estaba demasiado desconcertada como para saber si era de vergüenza o algo peor. Deseo.

No encontraba palabras. Sabía que debería apartar la mirada, pero no podía hacerlo. No podía dejar de mirar aquel torso ancho, de pectorales marcados, la toalla sujeta sobre las caderas, las piernas desnudas…

—¿Lainey?

Ella levantó la mirada por fin.

—Yo… he encontrado mi ropa en el vestidor. Iba a… llevarla a mi habitación.

—Deja las cosas donde estaban, Lainey. Ésta es tu habitación.

—Pero…

—O, tal vez debería decir, nuestra habitación.

Capítulo Cuatro

Adam se volvió para entrar de nuevo en el cuarto de baño, cerrando la puerta tras él y dejando a Lainey con la boca abierta. El repentino calor que había sentido antes había sido rápidamente reemplazado por un sudor frío.

¿Nuestra habitación?

¿Adam esperaba que se acostase con él?

Atónita, se dejó caer sobre la cama un segundo porque le fallaban las piernas… y se levantó de un salto al darse cuenta de dónde estaba. Aquello tenía que ser un error. Ella no pensaba acostarse con su jefe, eso no era parte del acuerdo… ella nunca firmaría un acuerdo así.

Angustiada, volvió a entrar en el vestidor y, tomando su bolsa de viaje, salió al pasillo y abrió la puerta de otro dormitorio. Miró alrededor rápidamente, pero no había ni rastro de otras pertenencias… y tampoco en las otras dos habitaciones. ¿Estaba sola en la residencia principal… con Adam?

Él había dicho que estaban dando un paseo antes de la cena, no que se alojasen allí con ellos, de modo que debían estar en alguna otra de las casas. Lainey había pensado que estarían todos en el mismo sitio pero, evidentemente, estaba equivocada. Adam había reservado una villa para cada pareja.

Pero ellos no eran una pareja...

Adam Palmer esperaba que lo fuera ese fin de semana, estaba claro. ¿Qué habrían pensado los otros?, se preguntó. ¿Creerían que Adam y ella eran amantes?

Lainey se quedó parada en la última habitación, la más alejada del dormitorio de Adam, la que había creído era suya, pero que Adam Palmer iba a disfrutar en completa soledad.

Cerró la puerta con manos temblorosas, colgó su ropa en el armario, con la excepción de lo que iba a ponerse esa noche, y guardó su ropa interior en uno de los cajones.

Se sintió un poco más fresca después de darse una ducha y, mientras se ponía un pantalón de color verde y la túnica a juego que había comprado, sintió que su presión arterial volvía a la normalidad. Más o menos.

La caída de la túnica y el brillo de la tela dejaban claro que era una prenda de calidad. Sí, había usado la tarjeta de Adam Palmer. Era lo que él le había pedido, se dijo a sí misma, sintiéndose sin embargo culpable.

Aceptando esa ropa, y el dinero que le había ofrecido por el fin de semana, ¿qué más había aceptado?, se preguntó.

Lainey sacudió la cabeza. Era absurdo, pensó, mientras se cepillaba el pelo. No podía esperar nada de ella. Adam simplemente era su jefe, nunca había sido nada más.

Cuando terminó de maquillarse se miró al espejo, nerviosa. ¿Habría salido él del dormitorio?

Una rápida mirada al reloj que había sobre la mesilla le confirmó que era casi la hora de reunirse con los invitados. Desde la ventana de la habitación podía ver la piscina y el porche que la rodeaba… y sí, allí estaba su jefe con el señor y la señora Pesek, frente a la barra del bar.

Después de mirarse al espejo por última vez, Lainey salió de la habitación para reunirse con los invitados en el amplio porche de la residencia. Y se alegró al ver que el señor y la señora Schuster también habían llegado. Cuanta más gente hubiera, mejor, pensó.

A pesar de que Adam lanzaba sobre ella alguna mirada penetrante cuando intervenía en la conversación, la noche transcurrió sin incidentes. De hecho, fue más agradable que el viaje. Había un ambiente más relajado entre los hombres, como si al haber llegado a un acuerdo sobre el contrato por fin pudieran portarse de manera abiertamente amistosa.

Había velas flotando en la piscina y otras muchas en el porche de madera. La profusión de luces doradas mientras el sol se escondía en el horizonte le daba a aquel sitio un toque romántico, encantador, notó Lainey mientras saboreaban unas deliciosa nécoras y bebían champán.

Casi podía creer que aquél era su sitio, pensó mientras los camareros se llevaban los platos y aparecían después con una bandeja de postres.

Cuando terminaron de tomar la mousse de chocolate experimentó un delicioso letargo, pero al ver que los Schuster y los Pesek se levantaban, todas las terminaciones nerviosas de su cuerpo se pusieron en alerta.

Después de despedirse, Adam cerró la puerta de la residencia y Lainey se dirigió hacia el pasillo.

—¿Tienes prisa? —le preguntó él.

Lainey vaciló un segundo antes de darse la vuelta. Pero cuando lo hizo Adam ya estaba a su lado.

—Es tarde y mañana hay mucho que hacer.

—Sí, eso es cierto. Pero dime, ¿por qué has sacado tus cosas de la habitación?

—¡Tú sabes perfectamente por qué he sacado mis cosas de la habitación! —replicó ella, airada—. Acepté pasar el fin de semana contigo y con tus clientes como acompañante... por la empresa Palmer. Nunca acepté nada más.

—Y, sin embargo, pasas muchas noches con Ling. ¿Qué ocurre, es que no te he ofrecido suficiente? ¿No te ha gustado lo que has visto?

Lainey tuvo que apretar los puños para no hacer lo que estaba tentada de hacer.

Pero Adam levantó una mano para trazar su mejilla con un dedo.

—¿Y bien?

Ella dio un paso atrás, apartándose del contacto antes de que pudiera sucumbir a la tentación.

—Esto es ridículo.

—¿Tú crees? —sonrió Adam, dando un paso adelante para tomarla por la cintura—. ¿No te das cuenta de lo que me haces, Lainey? ¿Esto te parece ridículo?

Algo duro rozaba su estómago y lo peor de todo era que le gustaba. Un extraño calor se apoderó de ella... le pesaban los párpados y tuvo que apoyarse ligeramente en su hombro. Pero al ver un brillo de triunfo en sus ojos se apartó de golpe.

—¡Buenas noches!

—Buenas noches, Lainey. Espero que tú puedas dormir bien, porque te aseguro que yo no voy a ser capaz.

Lainey se apoyó en la pared, sin fuerzas, mientras lo veía salir de la habitación. Había estado a punto de capitular y él lo sabía.

Se sentía como un ratoncillo atormentado por un gato que había decidido no jugar más por el momento. ¿Qué iba a hacer cuando ese gato estuviera hambriento de verdad?

***

El sábado por la mañana amaneció con un cielo claro y una ligera brisa típica del mes de abril en esa zona. Eran días así lo que daba a la región el sobrenombre de «el norte sin invierno».

Claro que, después de las lluvias e inundaciones del invierno anterior, imaginaba que a la mayoría de la gente de por allí no le haría mucha gracia el sobrenombre.

Lainey intentó disimular un bostezo mientras iba a la cocina.

–¿No has dormido bien?

Adam estaba sentado a la mesa, con el ordenador portátil frente a él y una taza de café a su lado. Lainey observó el polo de color crema y el pantalón caqui, que se ajustaba a sus poderosos muslos.

–He dormido perfectamente, muchas gracias –mintió, acercándose a la cafetera para servirse una taza.

Pero después de tomar un sorbo deseó haber tomado algo más fresco, como agua o zumo de naranja. Algo en un vaso helado que pudiera ponerse en la cara, por ejemplo.

–Los otros llegarán en media hora y luego iremos al embarcadero.

–Estupendo. Estoy deseando empezar la excursión.

Adam la observaba, en silencio. Tenía ojeras y sintió cierta satisfacción al saber que había dormido tan mal como él.

Podría haberla besado la noche anterior y ella le hubiera devuelto el beso, estaba seguro... el beso y algo más. Pero había sido mejor dejarla ir porque sabía que ganaría tarde o temprano y cuando lo hiciera, la capitulación de Lainey sería total.

Sin embargo, tenía que disimular el deseo que experimentaba al mirarla. Llevaba un top ajustado de color coral que se amoldaba a sus generosos pechos, cayendo después sobre la cinturilla de los vaqueros blancos. Aquel día sería un día de castigo y placer, pensó. Lainey lo afectaba como no lo había afectado ninguna mujer, de una manera que no le gustaba porque lo hacía sentir vulnerable. Pero se alegraba de haberla dejado ir, por el momento, porque sabía que al final conseguiría lo que quería... y para entonces la espera habría valido la pena.

Cuando por fin todos se dirigieron hacia el embarcadero de Russell, Adam estaba tan tenso como una cuerda de guitarra. Sin embargo, las cosas no podían ir mejor con los clientes. Schuster había insistido en firmar el contrato antes de salir del hotel para que el resto del fin de semana pudieran estar relajados y cuando envió el contrato firmado al departamento jurídico de su empresa no podía dejar de sentirse triunfador por haberle ganado la partida a la corporación Tremont.

Josh Tremont se había convertido en una espina en su costado durante los últimos años y cada vez que le ganaba la partida era un momento de gran satisfacción para él.

Sin embargo, estaba tenso y no sabía por qué.

Los empleados del barco les sirvieron un té mientras se dirigían hacia el lugar más alejado de la excursión para ver una formación rocosa hecha por el viento y la marea en el cabo Brett. Y se alegró al ver que Lainey se tomaba su papel de anfitriona completamente en serio para que todos estuvieran cómodos.

Si pudiera encargarse de que él estuviera cómodo… desde que la vio en el casino, estar con ella se había convertido en un tormento.

Llevaban una hora viajando cuando oyó que una de las mujeres lanzaba un grito de admiración. Lainey estaba señalando hacia delante con una sonrisa en los labios, llamando la atención de sus invitados hacia los delfines que nadaban al lado del barco.

Adam se colocó tras ella, frente a la borda, la curva de su trasero rozándolo… y tuvo que disimular un gemido. Pero se apartó enseguida, lo último que necesitaba era que su estado de continua excitación fuera visible para todo el mundo.

—El capitán dice que se puede nadar con los delfines.

—¿En serio? —exclamó Lainey.

La alegría que había en su voz era contagiosa y, después de preguntarles a sus invitados si estaban de acuerdo, decidieron ponerse el traje de neopreno para lanzarse al agua.

Adam no podía apartar los ojos de Lainey, con un biquini de color azul zafiro. Aunque no era excesivamente llamativo, lo que escondía era suficiente para hacerlo perder la cabeza y tuvo que disimular su irritación mientras uno de los empleados la ayudaba a ponerse el traje de neopreno.

–Espera, yo te ayudo –murmuró, apartando al otro hombre para subir la cremallera.

Lainey, que estaba sonriendo, dejó de hacerlo de inmediato. Sus pupilas se dilataron, el color de sus ojos convirtiéndose en fuego verde. Un fuego que encontró una respuesta inmediata en su cuerpo.

Pero Adam se obligó a sí mismo a dar un paso atrás.

–¿Necesitas que te ayude a ponerte las aletas?

–No, gracias. Puedo hacerlo sola.

No lo miraba a los ojos. Tal vez, con esa mirada, pensaba haberle dicho ya demasiado.

En el agua, los Pesek y los Schuster hablaban y reían en su idioma, mientras los delfines nadaban a su alrededor. Lainey se había quedado un poco atrás, aparentemente contenta de flotar en el agua mirando a los preciosos mamíferos.

Pero cuando nadaba lo hacía con tal gracia que Adam se preguntó si sería igual en el dormitorio. E iba a enterarse antes de que terminase el fin de semana, estaba convencido de ello.

Después de quince minutos con los delfines, todo el mundo volvió a subir a bordo y los invitados se retiraron a sus camarotes para cambiarse de ropa.

Adam desabrochó su traje de neopreno, dejando que colgase de sus caderas. Y sintió que Lainey estaba mirándolo antes de darse la vuelta. Era como si diminutas lenguas de fuego acariciasen su piel y, confinado en el traje de neopreno, se sintió más incómodo que nunca.

Pero ella no tuvo el menor problema para quedar en biquini. La prenda mojada se pegaba a su piel, mostrando los contornos de su cuerpo y, por mucho que quisiera evitarlo, sus ojos viajaron por la gloriosa redondez de sus pechos hasta las puntas marcadas bajo la tela azul.

Adam sintió una punzada de irresistible deseo al imaginar que apartaba a un lado la tela, dejando al descubierto esos pezones para acariciarlos con la lengua…

Se estaba volviendo loco, pensó. Tenía que parar de inmediato.

De modo que se dio la vuelta para dirigirse a la escalera que llevaba a los camarotes. No era una derrota, se consoló a sí mismo, mientras la brisa acariciaba su acalorada piel. Era una retirada táctica. Tenía que reunir fuerzas hasta que pudiera estar seguro de la victoria.

Y así la victoria sería más dulce.

***

El resto del viaje hasta lo que los aborígenes llamaban «el agujero en la roca» fue muy agradable. El mar estaba en calma y el barco apenas se balanceaba. Adam estaba contento con su decisión de pasar el día allí… pero menos contento con las atenciones que uno de los empleados del barco prestaba a Lainey.

Sólo había una cosa que hacer, decidió, y era demostrarle a todo el mundo que Lainey no estaba libre. De modo que miró al joven con expresión severa y se alegró al ver que entendía el mensaje inmediatamente.

Luego atravesó la cubierta y se sentó al lado de Lainey en el banco de popa, donde ella estaba tomando el sol.

—¿Lo estás pasando bien? —le preguntó.

—Pues sí, sorprendentemente sí.

—¿Sorprendentemente?

—Bueno, ya sabes. En realidad, no estoy trabajando. Esperaba que éste fuera un fin de semana más serio, más aburrido, pero es como estar entre amigos.

Su sincera respuesta lo hizo sonreír.

—¿Qué sueles hacer los fines de semana?

—No sé… muchas cosas.

Tan evasiva respuesta lo irritó. ¿Pasaría los fines de semana con Ling? No, ese hombre sólo salía por las noches, como los vampiros. Algo, o alguien más, ocupaba sus fines de semana, estaba seguro.

–Cuéntamelo.

Lainey se volvió para mirarlo.

–No veo por qué.

–Tal vez sólo quiero conocerte un poco mejor.

–Yo no lo creo –contestó ella–. A pesar de lo que he dicho antes, estoy aquí por una cuestión de trabajo y nada más.

–Y ese trabajo requiere que me tengas contento, así que te preguntaré otra vez: ¿qué haces los fines de semana?

Lainey intentó apartarse un poco, pero la forma del banco, en curva siguiendo la popa del barco, sirvió para todo lo contrario. Cuando movió el trasero hacia un lado, sus rodillas entraron en contacto con las de Adam.

–Me dedico a cuidar el jardín. ¿Contento?

–Sí, mucho –sonrió él, poniendo las manos detrás de la cabeza y levantando la cara hacia el sol–. ¿Y te gusta cuidar de tu jardín?

De repente, le pareció ver una mueca de tristeza en su rostro. ¿Por qué? No podía estar seguro, pero su comportamiento cambió casi inmediatamente, como si de repente hubiera decidido dejar de luchar.

–Sí, me gusta. Es lo que más me gusta. Cuando me pongo a trabajar en el jardín me olvido de las preocupaciones.

–¿Tienes muchas preocupaciones?

La pregunta quedó colgada en el aire, entre los dos.

—Como todo el mundo —dijo Lainey por fin—. Y, si no te importa, voy comprobar que lo tienen todo preparado para el almuerzo.

Adam apartó a un lado las piernas para dejarla pasar porque prácticamente salió corriendo. Sin duda, huyendo de su atracción por él y de la verdad.

Pero había pocas cosas que a Adam Palmer le gustasen más que un reto y aún no había habido ninguno que no hubiera ganado.

Capítulo Cinco

Pararon en la isla Urupukapuka para comer. La playa, de arena dorada, estaba bañada por el sol y la gente del ferry preparó sombrillas y toallas antes de servir el aperitivo.

Adam observaba a Lainey charlando con sus invitados, preguntándoles por sus familias y haciendo los apropiados gestos de admiración cuando sacaron las fotos de sus hijos… en el caso de los Schuster, de sus nietos.

Era un enigma, desde luego. De día era una persona, la secretaria perfecta, tranquila, discreta, capaz. Pero por la noche era alguien completamente diferente. Se convertía en la clase de mujer que salía con un hombre como Lee Ling.

La clase de mujer que tenía deudas de juego y dependía de un prestamista. Una sirena, sensual, atrayente. Y él deseaba ese lado de Lainey como no había deseado nada en toda su vida.

Entonces se movió, incómodo, tomando un sorbo de agua mineral. Llegaría al fondo del enigma, pensó, y descubriría cuál de esas mujeres era la auténtica Lainey. Porque mientras una se encargaba de que su negocio funcionara perfectamente, la otra amenazaba la existencia de la empresa Palmer.

Lainey tenía información privilegiada que podría vender a su principal competidor, la corporación Tremont. Si le debía dinero a Ling, ¿podría convencerla aquel hombre para que le vendiera sus secretos a Josh Tremont? O algo peor... ¿sería Lainey la espía de Tremont? ¿Su adicción al juego sería tan grave como para serle desleal a Industrias Palmer?

No, la lógica lo obligaba a rechazar tal idea. Ling no sabía que Lainey trabajase para él cuando los vio juntos. Tal vez, sencillamente, se había jugado demasiado dinero en el casino y tenía que pagar deudas.

Pero ninguna de las circunstancias le resultaba precisamente atractiva y, de repente, perdió el apetito.

De vuelta en Russell, los invitados se quedaron descansando un rato en sus respectivas villas y luego se reunieron de nuevo para tomar un aperitivo en el porche antes de ir a Paihia.

Mientras esperaban en el porche, Lainey rió suavemente.

–¿De qué te ríes?

–Menos mal que sólo es un fin de semana. Si esto siguiera así engordaría cinco kilos. No hacemos más que comer.

Adam observó sus pechos, presionando suavemente la tela del vestido multicolor. Aunque no era tan llamativo como el vestido rojo que había llevado en el casino, lo excitaba de todas formas.

Lainey era increíblemente atractiva vestida así y debería decirle que dejase de usar esos trajes aburridos para ir a la oficina.

–Dudo que tengas que preocuparte por eso. Tú eres… perfecta tal como eres.

–Gracias –dijo ella.

Adam se sintió satisfecho al ver que se ruborizaba. Pero se le ocurrió entonces que esa capacidad de ponerse colorada por un simple halago no pegaba nada con la Lainey a la que había visto en el casino esa noche. La mujer del vestido rojo no se pondría colorada por nada. Al menos, ésa era la impresión que le había dado.

Pero la Lainey que él conocía de la oficina era una criatura reservada. Mucho más parecida a la mujer que tenía delante, con aquel vestido de colores. Ni demasiado revelador, ni demasiado discreto, pero aun así resultaba increíblemente atractivo.

Apoyado en la barandilla, se quedó mirando mientras ella colocaba la bandeja de las copas. No parecía gustarle mucho que la mirasen…

No, el vestido rojo de la otra noche no tenía nada que ver con la mujer elegante que había frente a él. Se le ocurrió entonces que sabía muy poco sobre su vida personal. Él no solía interesarse por la vida personal de sus empleados pero, de repente, estaba muy interesado por la de Lainey.

La tarde resultó muy agradable y terminaron en el paseo marítimo de Paihia, antes de tomar el ferry de vuelta a Russell. Tras despedirse de los invitados, Lainey se dirigía a su dormitorio cuando Adam la sorprendió deteniéndola en el pasillo.

–¿Dónde vas?

–A mi habitación.

«A la cama», pensó. El día en la playa, el viaje en ferry y la tensión que sentía estando al lado de Adam la habían dejado agotada.

–Es muy temprano. Ven, vamos a tomar una copa en el porche.

Lainey iba a decir que no, pero recordó que le estaba pagando por su compañía. Lo que ella quisiera en ese momento no tenía importancia.

–Si insistes…

La luz de la piscina estaba encendida y el agua brillaba de manera invitadora. Sería una maravilla darse un baño antes de irse a la cama, hacer un par de largos, sentir la suavidad del agua acariciando su piel. Tal vez entonces sería capaz de relajarse un poco.

–¿Qué quieres tomar, un coñac?

–Muy bien, gracias.

–Qué afable –murmuró Adam–. Muy interesante, cuando algo me dice que no te apetece nada ser afable conmigo.

–Eres mi jefe y me pagas por estar aquí. ¿Por qué iba a ser antipática? Ya has dejado bien claro que mi trabajo es tenerte contento.

–Ah, sí, pero no hemos dejado claro por qué.

Adam se acercó con dos copas de coñac en la mano y Lainey tembló cuando el roce de sus dedos envió un escalofrío de algo que no quería identificar por todo su cuerpo. Le había pasado lo mismo por la mañana, cuando subió la cremallera del traje de neopreno.

Decía quererla allí como acompañante, pero los había instalado a los dos en el mismo dormitorio. ¿Era una prueba o eso era lo que quería de verdad?

Lainey levantó la copa para llevársela a los labios.

–Dime, ¿por qué es tan importante tu trabajo?

–¿Por qué es importante para la gente? Me gusta mi trabajo y sería una tonta si lo perdiera.

–¿Entonces por qué te arriesgas a hacerlo?

Lainey se asustó.

–¿Arriesgarme?

–Saliendo con un hombre como Ling.

–Pensé que había dejado claro que salga con quien salga fuera de horas de trabajo no es asunto tuyo.

–Pero tú sí eres asunto mío. Trabajas para

mí, dices que te gusta tu trabajo… ¿y si yo pusiera como condición para que siguieras trabajando conmigo que no salieras con… indeseables?

–¿Te refieres a Lee? Lee Ling es un hombre de negocios como otro cualquiera y no es ningún secreto a qué se dedica. ¿Por qué es un indeseable?

–Es la clase de hombre que utilizaría a cualquiera para conseguir lo que quiere. ¿Eso no te molesta?

La implicación de que estaba utilizándola a ella la irritó, pero intentó que su voz sonase calmada:

–¿Y tú eres tan diferente a él? ¿No es eso lo que estás haciendo ahora mismo?

Había dado en el blanco y lo vio cuando Adam frunció el ceño, molesto. Pero en un segundo el enfado desapareció.

–Sí, tienes razón –murmuró, levantando su copa–. ¿Qué estás escondiendo, Lainey?

Esa pregunta la sorprendió de tal forma que tuvo que esperar unos segundos para recuperar la compostura antes de responder:

–No te entiendo.

–En el trabajo te escondes detrás de ropa ancha y sin ningún atractivo, incluso escondes tus ojos bajo unas lentillas oscuras –dijo él, dando un paso adelante para levantar su barbilla con un dedo–. ¿Por qué harías eso teniendo unos ojos verdes tan bonitos? Y tu pelo…

Adam enredó los dedos en los sedosos mechones, sujetando su nuca con dedos firmes. Y el roce la hizo sentir un escalofrío que la recorrió de arriba abajo.

El miedo se mezclaba con el placer mientras Adam masajeaba suavemente su nunca y Lainey tuvo que disimular un gemido. Pero entonces, tan rápido como había empezado, Adam la soltó de nuevo.

—¿Y bien?

—No me gusta llamar la atención —consiguió decir ella.

—¿Por qué?

Lainey cambió el peso del cuerpo de un pie a otro, incómoda. Estaba demasiado cerca. A pesar del aire fresco de la noche, podía sentir el calor de su cuerpo, podía oler su colonia.

—Es complicado —dijo por fin. Era algo que no solía contar y, sin embargo, algo la empujaba a hacerlo—. Mis padres murieron en un accidente de coche cuando yo tenía trece años. Yo iba con ellos, pero por una jugarreta del destino escapé sin un solo rasguño. Mis padres murieron en el acto y yo me quedé sin nadie, así que mi abuelo me acogió en su casa. Y por… en fin, circunstancias, la noticia del accidente salió en todos los periódicos, recordándome la tragedia cada día. Durante un tiempo me costó mucho trabajo acostumbrarme y seguir viviendo.

—¿Qué circunstancias?

–Eso es algo de lo que no me gusta hablar –respondió Lainey, apartando la mirada.

La atención de los medios de comunicación, debido a la fama de su abuelo, no la dejaba olvidar la tragedia del accidente y, tal vez para escapar del dolor, Lainey empezó a portarse como una adolescente rebelde. A pesar de los ruegos de su abuelo, su comportamiento había sido menos que recomendable y cuando por fin fue demasiado lejos los periódicos se encargaron de contarlo a los cuatro vientos: la habían pillado con un grupo de amigos en un coche robado.

Jamás olvidaría la expresión de su abuelo cuando la policía la llevó de vuelta a casa… el alivio porque estaba bien mezclado con una profunda desolación.

Aquella noche le había dejado las cosa bien claras: o dejaba de comportarse como una gamberra o la entregaría a las autoridades. Sólo se tenían el uno al otro, le dijo, pero si no estaba dispuesta a respetar su casa y respetarlo a él, no la quería a su lado.

Hugh le recordó entonces la última vez que la policía había estado en su casa, la noche que fueron a avisarle de que un conductor borracho había chocado con el coche de su hijo. Y le dijo que, por mucho que la quisiera, no quería tener que pasar por eso otra vez.

Ésa había sido la llamada de atención que necesitaba.

Después de la discusión, Hugh había aceptado que cambiase de colegio para alejarse de
las malas compañías, pero sólo cuando Lainey
le juró solemnemente que intentaría estudiar y
mejorar sus notas.

Y ella se había esforzado más que nunca.
Había dejado de teñirse el pelo de un color diferente cada semana, de llevar ropa llamativa y
a veces escandalosa y había estudiado como
nunca para mejorar sus notas, mezclándose
con los demás y sin llamar la atención.

Y, después de siete años, sus antecedentes
por mal comportamiento habían sido borrados
de los archivos de la policía, de modo que nadie tenía por qué enterarse de su pasado.

—Después del accidente —siguió Lainey, sa-
cudiendo la cabeza— decidí que lo mejor sería
pasar desapercibida.

—Es un crimen.

Ella lo miró, perpleja. ¿Había dicho todo
eso en voz alta?

—¿Cómo?

Adam tomó su mano y tiró de ella.

—Es un crimen que escondas esos ojos —murmuró, pasando un dedo por la curva de sus cejas.

Lainey sabía que podía apartarse, romper el
contacto entre ellos, pero no era capaz. Los dedos de Adam seguían viajando por su cara, sus
mejillas, la curva de su garganta… deslizándose hasta el escote del vestido.

–Esconder tu cuerpo –siguió, con voz ronca.

Cuando bajó la mano para acariciar sus pechos por encima de la tela del vestido, Lainey sintió que se encendía. Sus pezones se endurecieron, casi dolorosamente, presionando contra el encaje del sujetador.

Arqueó la espalda, apretándose instintivamente contra la palma de su mano, disfrutando de su calor. Al poner la suya sobre el torso masculino se dio cuenta de que respiraba agitadamente, que los latidos de su corazón se habían acelerado.

–¿Lo sientes? –murmuró Adam–. Eso es lo que me haces.

–Adam…

–Dime que pare, Lainey. Porque si no lo dices voy a hacer lo que debería haber hecho anoche: voy a besarte.

Aunque su vida dependiera de ello no habría sido capaz de decir nada. Y él debió darse cuenta de que se había rendido porque inclinó la cabeza y buscó sus labios.

Sensaciones, colores, sabores… todo explotó dentro de ella. El roce de su lengua provocó una bola de luz bajo sus párpados cerrados, el sabor del coñac mezclado con el sabor de Adam.

Y Lainey se abrió para él, dejando que explorase el interior de su boca mientras aplastaba sus labios apasionadamente. Un torbellino de fuego líquido recorría sus venas mientras se apretaba contra él y sentía cada músculo de su cuerpo como jamás le había ocurrido antes con ningún otro hombre. Experimentaba un ansia que exigía ser saciada de inmediato.

Lainey movió las caderas, empujando su pelvis contra la dura evidencia de su deseo por ella.

Llevaba tanto tiempo intentando ser invisible que era gratificante saber que podía despertar tal respuesta, de modo que levantó las manos para sujetar su cabeza, como si no pudiera soportar la idea de que se apartase.

Adam empezó a besar su cuello ansiosamente, el placer mientras rozaba con la lengua el sensible punto entre su garganta y su oreja haciendo que sus músculos interiores se contrajeran, dejándola sin aire.

Y entonces empezó a desabrochar la cremallera del vestido, apartando la tela y sujetando sus brazos mientras mordisqueaba suavemente sus hombros.

Lainey intentó liberarse de la restricción del vestido, dejando que la prenda cayese hasta su cintura para levantar las manos y desabrochar su camisa. Tenía que tocar su piel dorada, esa piel que la había atormentada por la mañana, en el ferry. Necesitaba pasar los dedos por su abdomen… y más abajo.

Pero Adam se apartó, soltando sus manos para volver a ponerle el vestido.

Mientras volvía a subir la cremallera le dio un beso en la sien y la sujetó así, por la cintura, hasta que los dos empezaron a respirar con normalidad.

–No te escondas más, ¿de acuerdo? No te escondas para mí, prométemelo.

–Te lo prometo –susurró ella, confusa.

Despacio, Adam la apartó de sí.

–Mañana tenemos muchas cosas que hacer. Será mejor que nos vayamos a la cama.

Le dio un beso cuando llegaron a la puerta de su habitación, pero después se alejó.

–Nos vemos por la mañana. Que duermas bien.

Lainey era incapaz de conciliar el sueño, dando vueltas y vueltas en la cama hasta que, frustrada, apartó las sábanas y se acercó a la ventana.

Adam Palmer la había besado. En fin… no tenía tanta importancia.

Pero sí la tenía. Era tremendamente importante. Porque, de repente, Lainey sabía que un beso en la oscuridad del porche no iba a ser suficiente para ninguno de los dos.

Capítulo Seis

A pesar de haber estado gran parte de la noche mirando al techo de la habitación, Lainey despertó a la mañana siguiente con renovado entusiasmo. Iban a tomar un helicóptero para ir a la península de Kari Kari, donde los hombres jugarían un partido de golf antes de reunirse con las señoras para comer. Y habría un coche esperando para que, mientras tanto, Lainey les hiciese un recorrido guiado por los lugares turísticos.

¿Cómo reaccionaría Adam cuando la viese?, se preguntó mientras se arreglaba el pelo con el secador, dejando que cayese en ondas sobre sus hombros. En casa se hubiera hecho una coleta, pero aquella mañana había despertado imbuida de una nueva sensación de feminidad y, después de años conteniendo el deseo de arreglarse, era hora de liberarse.

Le dio un poco de pena ver que los invitados ya estaban en el comedor, pero el sentimiento desapareció cuando Adam levantó la cabeza y lanzó sobre ella una mirada que podría haber quemado el aire.

Evidentemente, el tiempo que se había tomado para elegir la blusa de seda color fucsia, a juego con una camisola, y el pantalón gris claro había merecido la pena. Aunque por eso hubiera llegado un poquito tarde a desayunar.

El vuelo en helicóptero hasta la península de Kari Kari fue emocionante y el piloto eligió una ruta siguiendo toda la costa. Una vez allí, los hombres fueron recibidos por sus *caddies*, que se los llevaron en carritos de golf, mientras las mujeres tomaban un té con pasteles antes de dar comienzo a su pequeña expedición.

Lainey les mostró unos folletos de la zona y, durante un rato, discutieron lo que iban a hacer mientras los hombres jugaban al golf.

A las señoras les encantó el lago Ohia y sus árboles *kauri* fosilizados, que habían quedado expuestos cuando el lago fue secado a principios del siglo XX. Después de pasar por Kaitaia y Ahipara, en el sur, volvieron al campo de golf para recoger a los hombres.

Lainey tenía que hacer un esfuerzo para no pisar el acelerador. Estaba deseando volver a ver a Adam, comprobar si la mirada que habían intercambiado esa mañana contenía una promesa o era sólo cosa suya.

Y no se llevó una desilusión. Los tres hombres estaban tomando una copa de vino en el porche del club y en cuanto Lainey apareció, los ojos azules de Adam se clavaron en ella, haciendo que temblase por dentro.

Le resultaba increíble aquella reacción instantánea. Un par de besos y podía hacerla temblar como una hoja. ¿Qué pasaría si hiciera algo más?, se preguntó.

Cuando se sentó en la silla que Adam había apartado para ella, Lainey cerró las piernas en un vano intento de contener el intenso cosquilleo de deseo.

La tarde pasó como un borrón. Cada movimiento que hacía llamaba su atención, cada palabra que decía le parecía interesante. Y más tarde, cuando volvían a Russell, se sentía tan excitada que temía que los demás se dieran cuenta.

Lainey se regañó a sí misma por portarse como una adolescente enamorada…

¿Enamorada? No, un momento, eso era una tontería. Encandilada quizá. Sí, definitivamente Adam la tenía encandilada.

Lo cual creaba otra serie de problemas. Por ejemplo, ¿qué iba a pasar con su relación profesional? Si tenía una aventura con él, ¿cuál sería el precio? Ella, que había pasado los últimos diez años de su vida siendo la chica invisible, de repente se sentía más visible que nadie.

«Deja de pensar», se dijo a sí misma. Lo de la noche anterior había sido una aberración.

Cuando todos volvieron a reunirse para cenar casi se había convencido a sí misma de que había imaginado los besos de la noche anterior. Adam se mostraba como un anfitrión solícito con los invitados, que se lamentaban porque aquélla sería su última noche en Nueva Zelanda.

Habían optado por una barbacoa tradicional y, mientras daba una vuelta a los langostinos en el plato caliente, Lainey lo devoraba con la mirada. La camisa destacaba la anchura de sus hombros y los pantalones de color piedra marcaban un trasero perfecto cuando se inclinó para tomar una cerveza.

Pero tenía que controlarse, pensó, entrando en la cocina para tomar una bandeja de langostinos mientras los filetes se marinaban en un plato.

–¿Lo estás pasando bien? –murmuró Adam cuando le pasó la bandeja.

–Ha sido un día estupendo –dijo ella–. Y creo que también ellos lo han pasado bien.

–Sí, gracias por hacer un buen trabajo.

–Para eso me pagas –respondió Lainey.

Aunque mientras lo decía recordó para qué la pagaba. O para qué creía pagarla.

Como acompañante, con unos límites muy borrosos. ¿Era eso lo que había pasado la noche anterior? Tenía que serlo y sería una idiota si pensara que un hombre como Adam Palmer esperaría algo más de una persona como ella. Sí, su abuelo había sido un ídolo nacional, pero ahora vivían modestamente. Desde luego, ella no era la clase de persona que se movía en los círculos en los que se movía Adam Palmer.

Y, de repente, su alegría se esfumó. Sería bueno volver a casa y retomar la realidad de la rutina diaria.

Se preguntó entonces cómo estaría su abuelo. ¿Habría logrado no ir al casino? En realidad, no le había hecho una promesa y ella había estado tan ocupada el fin de semana que apenas había podido pensar en él.

Después de las once, los invitados se retiraron a sus habitaciones y Adam y ella se quedaron solos en el porche.

Debería estar cansada, pensó, pero sabía que si no se libraba de aquella ansiedad, dormir sería imposible.

–Creo que voy a nadar un rato –murmuró, levantándose de la silla.

Pero Adam la sujetó por la muñeca.

–Me parece muy buena idea.

–Voy a ponerme el bañador.

–Si es necesario… –sonrió él–. Entonces yo también tendré que ponerme el mío. No quiero que te asustes.

Lainey no sabía si estaba bromeando o no, de modo que no dijo nada.

Una vez en su habitación, sacó el biquini y el albornoz de la bolsa de viaje… pero entonces vaciló. Sí, Adam la había visto en biquini antes, pero estaban rodeados de gente. Y al recordar su reacción ante las atenciones del empleado del barco, tuvo que sonreír.

No le había gustado que otro hombre la mirase y ese gesto posesivo no era el de un hombre que sólo buscaba una acompañante pagada, ¿no?

Y luego estaban los besos de la noche anterior... y que le hubiera pedido que no siguiera escondiéndose.

Cuando volvió a la piscina, Lainey casi se había convencido a sí misma de que Adam estaba loco por ella. La idea era emocionante y aterradora al mismo tiempo y sólo podía hacer una cosa: lanzarse de cabeza.

Y eso hizo, literalmente. Adam aún no había vuelto al porche, de modo que aprovechó para tirarse a la piscina, esperando que el agua fresca aclarase sus ideas. Estaba haciendo un largo cuando sintió que el vello de su nuca se erizaba. Adam estaba mirándola.

Cuando llegó al otro lado, él estaba sentado en el borde, sus largas piernas dentro del agua.

–¿No te apetece nadar un rato?

–Entre otras cosas –contestó él, enigmáticamente–. ¿Echamos una carrera? Seis largos.

–¿Quieres echar una carrera? –sonrió Lainey–. ¿Y qué recibirá el ganador?

–Un beso.

–Ah, ¿entonces quién será el ganador y quién el perdedor?

–Te lo preguntaré después de haber ganado –dijo él.

–Eso ya lo veremos.

Lainey se dio impulso desde el borde y empezó a nadar con todas sus fuerzas, decidida a ser la ganadora de aquel pequeño reto. Adam no tardó mucho en alcanzarla, pero en lugar de seguir adelante se quedó a su lado.

Poco acostumbrada a tan intenso ejercicio Lainey estaba sin respiración, pero cuando los dos llegaron al otro lado, tocando el borde al mismo tiempo, Adam parecía tan tranquilo.

Ella se quedó parada un momento, intentando recuperar el aliento.

—Has hecho trampa —lo acusó—. Podrías haberme ganado fácilmente.

—Yo nunca hago trampas.

Las ondas del agua acariciaban su estómago mientras Adam se acercaba a ella. El pelo empapado, pegado a su cabeza, parecía más oscuro de lo habitual, destacando el azul de sus ojos… clavados en ella con tal intensidad que su corazón pareció desbocarse.

—Y siempre gano —dijo luego, tomándola por la cintura.

Por instinto, Lainey se arqueó hacia él y Adam aprovechó para iniciar el beso. Sus labios eran frescos y firmes y, de inmediato, se vio perdida en el calor de su boca.

Entonces sintió un tironcito en la espalda y, un segundo después, la parte superior de su biquini había desaparecido. Un poco asustada, dejó escapar un gemido, sus pechos aplastados contra el torso masculino.

Adam se apartó, pero no antes de que notase el duro bulto bajo el bañador. Miró su cara, su cuello y, por fin, su pechos desnudos, los pezones endureciéndose bajo su ardiente mirada.

–Eres preciosa.

Y, por primera vez en mucho tiempo, Lainey se sentía preciosa. Debería sentirse avergonzada, pero en lugar de eso se sentía como una mujer deseable. Y cuando Adam inclinó la cabeza para tomar un pezón entre los labios se le doblaron las piernas.

La tomó luego por la cintura con un brazo, atrayéndola hacia él, y Lainey enredó las piernas con las suyas mientras Adam metía un pezón en su boca, tirando, chupando y haciendo que perdiera la cabeza.

Suspirando, pasó las manos por sus hombros, por su sólido torso, rozando suavemente sus pezones con las uñas. Y notó que experimentaba un escalofrío.

–Vamos a salir de la piscina –dijo Adam con voz ronca, llevándola hacia la escalerilla.

Un escalofrío de anticipación la recorrió cuando él agarró la escalerilla de metal, imaginando esas manos grandes y morenas sobre su cuerpo...

No tardaría mucho, pensó. Y debía confesar que estaba deseando.

Adam la guió hasta la ducha y abrió el grifo, tomando la pastilla de jabón y pasándola por sus pechos una y otra vez, volviéndola loca de deseo. Luego bajó una mano y la metió en la braguita del biquini…

–Quiero probarte aquí –murmuró, su voz apenas un susurro.

Y, de repente, Lainey no podía esperar más.

–Yo también –asintió, pasando las manos por sus hombros y los largos músculos de sus brazos antes de ponerlas sobre su abdomen.

Cuando llegó a la cinturilla del bañador, no vaciló. Metió la mano bajo el elástico y tiró de él hacia abajo. Sin dudar un momento, se puso en cuclillas para acariciar sus piernas, los fuertes músculos de sus muslos y sus nalgas… pasando los dedos por su entrepierna, hacia la erguida evidencia de su deseo.

Lo envolvió en su mano y el calor aterciopelado del miembro masculino la llenó de deseo. Cuando pasó los dedos por la punta fue recompensada por un gemido ronco y, animada, inclinó la cabeza hacia delante, rozando su erección con la lengua.

Sintió el escalofrío que lo recorrió de arriba abajo, la tensión de sus piernas y sus nalgas mientras intentaba sostenerse.

Lainey movió la lengua haciendo círculos antes de cerrar los labios sobre la punta para tomarlo en su boca. Cuando los dedos de Adam se cerraron sobre su pelo mojado repitió la acción una y otra vez, acariciándolo con la mano al mismo tiempo.

Adam tenía que hacer un esfuerzo sobrehumano para controlarse mientras los labios de Lainey, su lengua, su boca, le hacían cosas inexplicablemente eróticas.

Pero el instinto se lo llevó todo por delante e incapaz de contenerse se dejó ir. Sintió como si el orgasmo naciera en la planta de sus pies y lo recorriese desde allí, los espasmos musculares haciendo que tuviera que agarrarse a la pared de la ducha.

Había sido como un terremoto, mental y físicamente.

Adam tiró de su mano mientras sentía los últimos estremecimientos de un orgasmo que lo había dejado absolutamente saciado, pero hambriento.

Deslizando una mano por su espalda, empezó a acariciar sus nalgas, apretándolas y tirando de ella hacia delante al mismo tiempo. Estaba empezando a excitarse de nuevo.

Tirando del biquini hacia abajo, dejó caer la prenda al suelo y notó que Lainey lo apartaba de una patada. Cuando por fin estuvo desnuda a su lado pasó los dedos por su espina dorsal, por el pelo mojado, la curva de su cuello…

–Gracias –le dijo al oído, antes de tomar sus labios de nuevo, poniendo en aquel beso la promesa de darle el mismo placer o más.

Sentía una conexión que no había experimentado nunca. Una conexión que le parecía bien y mal al mismo tiempo.

Pero intentó dejar de pensar en ello, concentrando su atención en acariciarla durante un segundo más, antes de cerrar el grifo de la ducha. Luego, tomando las toallas que habían dejado en el césped, envolvió a Lainey con una y se puso la otra a la cintura para después llevarla en brazos a su dormitorio.

–El pelo... lo tengo empapado –protestó ella cuando iba a dejarla sobre la cama.

–Espera –Adam la dejó de pie y se quitó la toalla para secárselo–. ¿Satisfecha?

Lainey sonrió.

–No del todo –le dijo, soltando luego una risita avergonzada.

–Parece que el trabajo me espera –sonrió Adam entonces, empujándola suavemente hasta que sus piernas rozaron el colchón. Después de tumbarla, se colocó encima y enredó los dedos con los suyos, experimentando una sensación de poder que no había experimentado nunca.

Ella le había dado el más íntimo de los placeres... ahora era el momento de devolver el favor.

Capítulo Siete

Adam sopló suavemente sobre su pelvis y se quedó hipnotizado al ver que se estremecía. Sin soltar sus manos, inclinó la cabeza para pasar la lengua por sus costados, rozando sus pechos, y soplando nuevamente después.

Lainey se movió, inquieta, levantando sus pechos hacia él de manera instintiva, sus pezones como dos cumbres rosadas.

Adam pasó la lengua por cada uno y sopló de nuevo, haciendo que se endurecieran aún más.

Ella dejó escapar un gemido, el sonido haciendo que Adam se excitase como nunca. Pero no quería perder el control, quería que Lainey lo perdiese antes. Le había tendido una emboscada en la ducha, aunque no pensaba quejarse, pero no era así como había planeado él la noche.

Y ahora la tenía a su merced, esperando sus caricias.

La sintió temblar cuando volvió a inclinar la cabeza para rozar sus pezones con la lengua. Tenía unos pechos preciosos, llenos y firmes, pálidos. Le gustaría verla bañándose desnuda, ver su esbelta figura tirada sobre una hamaca y ponerle crema solar por todas partes... poniendo especial atención a esas zonas de su cuerpo que estaban más pálidas.

Si no tuvieran que llevar a sus invitados de vuelta a Auckland al día siguiente eso era exactamente lo que haría. Mientras tanto, tendría que contentarse con aquello.

Cada gemido de Lainey lo excitaba más y se tomó su tiempo besando su abdomen y sus costados hasta llegar al ombligo.

Se alegraba mucho de que no fuera una de esas chicas tan delgadas, toda huesos y piel. No, Lainey tenía un cuerpo voluptuoso, de piernas largas, hechas para enredarse en su cintura...

Pero, se recordó a sí mismo, no era el momento. Eso llegaría después. Por ahora, se concentraría en darle el mismo placer que ella le había dado

Sonriendo, Adam sopló suavemente sobre los recortados rizos entre sus piernas y fue recompensado con un gemido bajo y gutural.

Entonces bajó un poco la cabeza y empezó a rozarla con la lengua, abriéndola, acariciándola cada vez más profundamente. Lainey se arqueó hacia su boca, levantando las caderas en un movimiento que él sabía instintivo.

Era exquisita, el calor de su cuerpo y su respuesta casi haciéndole perder la razón. Pero Adam hizo un esfuerzo por controlarse, por llevar la iniciativa y dominar el deseo de terminar con los juegos eróticos e ir directamente al momento en el que se darían placer el uno al otro.

De alguna forma, logró hacerlo, concentrarse en Lainey, sólo en Lainey.

Trazó con la lengua monte de Venus, moviéndose cada vez más cerca del capullo escondido entre los rizos, que sabía que la haría perder el control. Sus labios se acercaban a su objetivo, su lengua acariciando con firmes movimientos...

El ritmo de su respiración había cambiado, la temperatura de su cuerpo la de un volcán. Y si había pensado que antes estaba tensa, no era comparado con aquello.

Adam volvió a acariciarla con la lengua, con más firmeza esta vez, hasta que ella dejó escapar un grito y se dejó ir, su cuerpo estremeciéndose con el poder del orgasmo, sus muslos temblando debido a las olas de placer que la recorrían.

Adam soltó sus manos y se tumbó a su lado, acariciándola lánguidamente, notando cómo los músculos que estaban tan tensos unos segundos antes estaban ahora saciados, relajados.

Normalmente de color esmeralda, sus ojos eran ahora más oscuros; las pupilas dilatadas como ventanas que le daban acceso a sus pensamientos.

Adam trazó la forma de una ceja con el dedo, sorprendido y encantado cuando ella giró la cabeza para darle un beso en la palma de la mano. El roce de sus labios lo excitó de tal manera que rodó para buscarla, besándola apasionadamente.

–Espera un momento…

Se apartó para sacar un preservativo del cajón de la mesilla, pero le temblaban las manos mientras abría el paquetito, distraído por Lainey, que acariciaba sensualmente su espalda.

Después de tumbarse sobre ella, separó sus piernas con una rodilla y se colocó en el centro. Su calor lo envolvía, llamándolo. Sin dejar de mirarla a los ojos, Adam guió su miembro hacia el centro, introduciendo la punta. Las pupilas de Lainey se dilataron aún más mientras intentaba acomodarlo.

Adam se apartó un poco, manteniendo una tenue conexión antes de deslizarse dentro de ella, más profundamente esta vez.

Lainey levantó las caderas de nuevo, urgiéndolo, pidiéndole más. Y Adam obedeció. Se deslizó del todo, disfrutando de la estrechez de su interior, como un guante de seda húmeda… su único objetivo hacer que los dos perdieran la cabeza.

Empezó a moverse, despacio primero, más rápido después, sintiendo que el orgasmo se acercaba cada vez más, el placer tan profundo que casi le dolía.

Lainey se movía al mismo ritmo, agarrándose a sus hombros, enredando las piernas en

su cintura, levantando las caderas para ponér-
selo más fácil.

Con las uñas clavadas en su espalda empezó
a temblar y, en ese momento, Adam perdió el
control, dejando que las olas de placer se lo lle-
vasen.

Temblando, cayó sobre ella, sus cuerpos cu-
biertos de sudor. Luego rodó de espaldas, llevándola con él, sin separarse un momento,
como si ninguno de los dos pudiera soportar
que un centímetro de su cuerpo no estuviera
en contacto con el otro.

Y, poco a poco, el sueño los fue venciendo.

Lainey se estiró, aún adormilada. A su lado,
Adam dormía tranquilamente y ella sonrió,
viendo cómo los primeros rayos del sol que entraban por la ventana iluminaban su cuerpo.

Habían hecho el amor varias veces durante
la noche, estableciendo nuevos lazos, buscando
nuevos niveles de éxtasis. Y también habían hablado un poco. Ella, sobre todo de cómo había sido crecer en casa de su abuelo, sin decirle quién era, él sobre su infancia como hijo
único.

Lainey se preguntaba cómo habría sido crecer siendo el único hijo de unos padres conocidos y millonarios, si eso habría hecho que
quisiera ser el mejor, el más competitivo de todos.

Adam se movió entonces, alargando un brazo hacia ella antes de quedarse dormido de nuevo.

Era lunes, el día que debían volver a casa. Le gustaría alargar el momento un poco más, pero tenían que salir temprano porque tardarían más de tres horas en llegar a Auckland y luego debían llevar al aeropuerto a sus invitados.

La vida real se entrometería en su idilio como solía ocurrir siempre, tuvo que aceptar a regañadientes, preguntándose qué más se entrometería con su felicidad cuando llegasen a casa.

No había dicho una palabra sobre la deuda de su abuelo porque era el secreto de Hugh. Además, eso era lo que los había unido, lo que había hecho que aceptase una enorme cantidad de dinero por lo que había sido en realidad un fin de semana de vacaciones. Unas vacaciones que, de repente, se habían convertido en otra cosa.

No podía dejar de pensar que Adam había esperado que fuera su «acompañante» ese fin de semana. De hecho, había esperado que compartiese el dormitorio con él desde el primer día.

Pero lo que había habido entre ellos esa noche era mucho más que una relación sexual. Al menos, lo había sido para ella. Lainey no era una niña tímida, pero tampoco había experimentado nunca una pasión así con otro hombre.

Sentía un lazo con Adam, una conexión de sus espíritus que no había encontrado en nadie.

Mientras se daban placer el uno al otro, bajo la luz de la luna que entraba por la ventana, había encontrado una conexión con él que iba más allá de lo físico.

Ya no podía aceptar su dinero, pensó. Por mucho que su abuelo le debiera a Lee Ling o lo cerca que estuviera de pagar la deuda. Las cosas habían cambiado entre Adam y ella.

¿Dónde iría aquello a partir de aquel momento?, se preguntó. No podían volver a la simple relación de jefe y secretaria.

Lainey apoyó la cabeza en su pecho e hizo un esfuerzo para dejar de pensar tanto. No quería que nada estropease aquel momento.

La exclamación de Adam despertó a Lainey abruptamente.

–¿Qué ocurre?

–Nos hemos dormido. Tenemos que reunirnos con los demás en diez minutos…

Adam se levantó de la cama a toda prisa para dirigirse al vestidor, donde Lainey lo oyó moviendo perchas de un lado a otro.

–Voy a mi habitación –dijo ella, levantándose.

–No, espera –Adam salió del vestidor con su ropa en una mano y, tirando de ella con la mano libre, inclinó la cabeza para buscar sus labios con un beso tan posesivo que casi la mareó.

–Buenos días.

Lainey tuvo que sonreír.

—Buenos días a ti también.

—Ojalá tuviésemos más tiempo —suspiró Adam.

—Lo mismo digo —respondió ella, poniéndose de puntillas para darle un beso en la mejilla—. Tal vez más tarde.

—Sí, más tarde.

Y luego le dio un juguetón azote en el trasero mientras iba hacia la puerta.

Lainey se duchó a toda prisa, haciendo una mueca al pasar la esponja entre sus piernas. Se sentía como una mujer que hubiera sido amada y hubiese amado a cambio. Se estremecía al recordar lo que había pasado aquella noche… pero tenía que dejar de pensar en ello.

Especialmente después de haber decidido que no podía aceptar su dinero.

Cuando salió de la ducha sonrió al ver unas marcas rojas en su cuello… la marca de los labios de Adam. Pero consiguió secarse y vestirse a tiempo para encontrarse con los demás en el comedor.

Adam ya estaba allí, comprobando el desayuno que el servicio había preparado unos minutos antes, y su corazón dio un vuelco al verlo

Vestido de negro tenía una figura imponente, pero el fuego azul de sus ojos le dijo que seguía ardiendo por ella a pesar de su distante expresión.

—¿Lista para volver a casa?

–Ojalá no tuviéramos que hacerlo.

Adam dio un paso adelante. Bajo el fino algodón de la camiseta rosa podía ver la marca de sus pezones y tuvo que hacer un esfuerzo para no alargar la mano…

Lainey tenía unos pechos asombrosamente sensibles y, por la noche, él había sabido cómo darle placer.

Y, por el suspiro de Lainey, ella debía estar pensando lo mismo.

Como sin darse cuenta, estaba pasando la lengua por sus labios, sus mejillas ardiendo, llamándolo con los ojos…

Pero unos pasos en el porche le recordaron que no estaban solos y Adam hizo un esfuerzo para controlar su libido mientras recibía a sus clientes.

Y, mientras se sentaban a desayunar, se permitió a sí mismo una sonrisa de satisfacción. Lo supiera ella o no, tenía a Lainey Delacorte exactamente donde quería tenerla.

Y, siendo su amante, haría lo que tuviera que hacer para que no pudiera sentirse tentada de vender los secretos de la empresa Palmer a algún competidor. Sería caro, pero mercería la pena. A cualquier precio.

Capítulo Ocho

Adam miró por el espejo retrovisor para asegurarse de que Lainey lo seguía. El tiempo, que había sido idílico en Northland, había empeorado y en cuanto llegaron a las afueras de Auckland empezó a llover, creando el típico e insoportable embotellamiento de tráfico.

Lainey era una conductora muy competente, lo sabía, pero no dejaba de mirar por el espejo. De haber hecho lo que quería, iría con él en el coche, pero había sido imposible.

Sin embargo, dejarían su coche en el aeropuerto y volverían a la oficina juntos. Más tarde enviaría a alguien a recoger el otro BMW.

Satisfecho con su decisión, Adam empezó a pensar en el éxito de aquel fin de semana. Lainey se había comportado exactamente como él esperaba, incluso mostrándose indignada al principio, cuando hizo que llevaran sus cosas a su habitación.

Sabía que ella había esperado que todos se alojasen en la villa, pero había lidiado con eso en un segundo, sin broncas, sin discusiones, como había lidiado con el resto del fin de semana.

Sí, había hecho lo que él esperaba… hasta

aquel beso el sábado por la noche. Adam sintió que se excitaba al recordarlo.

Había respondido de manera tan rápida, tan ardiente. Y él había tenido que hacer uso de todo su autocontrol para apartarse esa noche. Claro que eso había dado dividendos. Después de la noche anterior, sabía que la atracción que sentía por ella desde que la vio en el casino no era un espejismo.

Era una criatura sensual, una mujer que disfrutaba del apetito carnal… y estaba deseando comprobar lo voraz que era ese apetito.

Adam y Lainey estaban en el aeropuerto, despidiendo a los Schuster y los Pesek, y después se dirigieron al aparcamiento. Afortunadamente, había dejado de llover.

Lainey apenas podía pensar con claridad cuando Adam puso la palma de la mano en su espalda. El calor de esa mano parecía atravesar la chaqueta gris, quemando su piel.

—Saca tus cosas del coche y llévalas al mío.

—¿Pero y…?

—Déjalo aquí. Enviaré a alguien a buscarlo más tarde. Te quiero conmigo. Ahora.

Ese tono tan autoritario la sorprendió y la deleitó al mismo tiempo. ¿Era así como iba a ser siempre entre ellos? ¿Aquella excitación constante? La consumiría, estaba segura. ¿Se atrevía a esperar que ella ejerciera el mismo efecto en Adam? Aquella mañana, cuando despertaron, con los brazos y las piernas enredados, estaba segura de que habían dado un paso adelante en su relación, que incluso podrían tener una relación amorosa.

Sin que ella fuera su «acompañante».

Pero su comportamiento desde el desayuno había sido el del antiguo Adam. Desde luego, no era el hombre que le había dado tanto placer por la noche, ni el hombre al que ella había hecho temblar con sus caricias.

Hicieron el viaje hasta la oficina en silencio, mientras Lainey le daba vueltas y vueltas a la cabeza. Y, una vez en su despacho, mientras comprobaba la tonelada de correos electrónicos, se preguntó si debía llamar a su abuelo para decirle que estaba de vuelta en Auckland.

Pero algo la detuvo.

Como la mayoría de los adictos, Hugh se había convertido en un gran mentiroso y cuando le preguntase qué había hecho ese fin de semana quería verle la cara. Sólo entonces sabría si le estaba diciendo la verdad.

–Lainey, ¿puedes venir un momento?

Ella tomó su cuaderno y, una vez en el despacho, cerró la puerta. Pero su corazón se aceleró cuando Adam le quitó el cuaderno de la mano para tomarla entre sus brazos.

Un gemido de sorpresa escapó de su garganta y él se aprovechó de sus labios abiertos, buscándolos con pasión. Con ese beso parecía estar exigiéndole que se rindiera, que fuera suya...

Y entonces todo terminó, tan rápido como había empezado. Adam dio un paso atrás y Lainey sintió una ola de poder femenino al ver que le temblaban ligeramente las manos.

–Llevo queriendo hacerlo desde el desayuno –sonrió–. Pero no es suficiente para mí, Lainey. Quiero más.

Ella no sabía qué decir. Lo deseaba tanto que no encontraba palabras.

Y entonces Adam se volvió para tomar algo de su escritorio.

–Toma, esto es para ti.

Lainey miró el cheque, confusa. No era la cantidad que habían acordado sino el doble... y eso hizo que se le helara la sangre en las venas.

¿Era eso lo que pensaba de ella? ¿Estaba comprándola?

Indignada, tuvo que hacer un esfuerzo para tragar saliva y para poner en orden los pensamientos.

–¿Qué significa esto?

–Es el pago por este fin de semana, como habíamos acordado.

–No, no habíamos acordado esta cantidad –replicó ella–. No puedo aceptarlo después de...

Al ver su expresión indiferente y su postura, apoyado en el escritorio, con los brazos cruzados, Lainey no terminó la frase. No era precisamente la postura de un amante cariñoso que quisiera explorar lo que había entre los dos.

—¿Después de qué?

—Después de este fin de semana.

—Por eso la cantidad es el doble de la que acordamos —dijo él, sonriendo con una frialdad que la hizo sentir escalofríos—. Has sido excepcional, Lainey. Mucho mejor de lo que yo hubiera podido imaginar. Incluso fuiste más allá del deber para tenerme contento.

Adam se apartó del escritorio y dio la vuelta para sentarse en el sillón, como un rey en su trono.

—He decidido que vales más de lo que habíamos acordado en un principio y que te quiero en exclusiva para mí.

—¿Qué significa eso?

Lainey no entendía nada. Si tenían una relación, por supuesto que sería exclusiva, ella no era de las que engañaban a nadie.

—Dile a Ling que se busque otra acompañante, yo no pienso compartir. Por supuesto, seguiré pagando tu salario y durante el día seguirás siendo mi ayudante personal, pero por la noche… por la noche quiero que seas mi…

—¿Tu qué, tu amante? —lo interrumpió ella—. ¿Eso es lo que estás diciendo? ¿Vas a pagarme por acostarme contigo? —le quemaban los ojos, pero no iba a llorar delante de él—. Yo pensé que…

–¿Qué habías pensado? –le preguntó Adam, juntando las manos.

Y, en ese momento, Lainey decidió no contarle las tontas ilusiones que se había hecho.

Rompiendo el cheque por la mitad y rasgándolo después sistemáticamente hasta hacerlo pedacitos, tiró las piezas como si fueran confeti sobre el escritorio.

–Da igual lo que hubiera pensado. Lo que importa es que yo no soy la amante de nadie. Ya no trabajo para ti, Adam Palmer. Ni como secretaria ni en ninguna otra capacidad.

Luego se dio la vuelta para salir del despacho y, con toda dignidad, fue a su oficina a buscar sus cosas para marcharse de allí.

Sólo cuando estaba en el coche, en dirección a casa, las lágrimas que había estado conteniendo empezaron a asomar a sus ojos. Incapaz de seguir conduciendo, paró en el arcén y apoyó la cabeza en el volante, dejando que las lágrimas rodaran por su rostro y el cuello de la camisa... la camisa que Adam Palmer había comprado, como había querido comprar el resto de ella.

¿Cómo se le había ocurrido pensar que pudieran tener una relación? Los hombres como Adam Palmer no salían con chicas como ella. Al menos, no salían en serio. Y, aunque era algo que nunca antes se había parado a examinar, Lainey era de las que iban en serio.

Sacando un pañuelo arrugado del bolso, se

enjugó las lágrimas e intentó arreglarse un poco frente al espejo retrovisor.

Tenía que calmarse antes de llegar a casa o su abuelo se daría cuenta de que pasaba algo.

Oh, no, su abuelo…

¿Cómo iba a decirle que había tirado el dinero con el que hubiera podido pagar parte de sus deudas?

De nuevo, sus ojos se llenaron de lágrimas, pero parpadeó violentamente para contenerlas. No podía hundirse ahora, debía ser fuerte…por su abuelo y por ella misma.

A toda prisa, sacó la bolsita de cosméticos del bolso y se retocó el maquillaje. Hugh Delacorte sospecharía si llegaba a casa con mala cara. Aunque seguramente se preguntaría por qué llevaba una ropa tan diferente a la que solía usar para ir a la oficina. Las apariencias eran importantes para un hombre como su abuelo… y eso precisamente era lo que lo había metido en aquel lío, claro.

Lainey volvió a mirarse al espejo y, más o menos satisfecha, volvió a meterse en la carretera. Superaría aquello como había superado todas las crisis de su vida.

Pero por dentro, otro pedacito de su corazón se estaba rompiendo.

No debería haberse preocupado de que su abuelo viera los estragos de las lágrimas en su rostro cuando llegase a casa porque cuando entró en el salón y lo vio sentado en su sillón favorito se llevó un susto de muerte. Tenía muy mal aspecto, pálido y con dificultades para respirar.

–¡Abuelo!

Tirando el bolso al suelo, Lainey corrió a su lado y cayó de rodillas frente al sillón.

–¿Estás enfermo? Voy a llamar al médico.

Cuando iba a levantarse, su abuelo apretó su mano.

–No, Lainey…

Incluso su voz era débil.

–¿Qué te pasa? Tienes muy mala cara.

–El médico no puede ayudarme ahora.

–Dime qué te pasa –le suplicó Lainey, olvidando sus problemas por completo.

Y entonces lo supo. Sin que tuviera que decir una palabra, supo que había vuelto al casino.

–Dime, abuelo, ¿qué has hecho?

Él no la miraba a los ojos, volviendo la cabeza para mirar por la ventana hacia el jardín.

–Pensé que todo iría bien. Me llamaron el viernes por la noche de la cadena de televisión… quieren hacer una serie de programas para conmemorar el aniversario de *Jardinería con Hugh*. Seis episodios, Lainey. Tú sabes lo que eso significa, ¿verdad? Que volveré a ganar dinero. Así que salí a celebrarlo.

–Oh, no. Dime que no volviste al casino, abuelo.

–Todo empezó bien… estaba ganando y casi

tenía suficiente para pagarle a Ling, incluyendo lo que le pedí prestado el sábado, que pagaría con lo que iba a ganar en el programa... –cuando Lainey dejó escapar un gemido de horror, él la miró, arrepentido–. No podía soportar la idea de que tú tuvieras que pagar mis deudas, cariño. Eres mi nieta, se supone que yo debo protegerte, no al revés. Sé que has estado trabajando para Ling y sé que sólo te fuiste este fin de semana con tu jefe para intentar pagar esa deuda... no, escúchame –Hugh hizo un gesto con la mano cuando Lainey iba a decir algo–. Sé que tú dices que sólo era una cuestión de trabajo, pero yo sé cómo son los hombres y... en fin, quería algo mejor para ti.

Los ojos de su abuelo se llenaron de lágrimas y, cuando las vio rodar por sus demacradas mejillas, se le partió el corazón.

–Te he fallado, hija. Lo siento mucho...

Lainey le echó los brazos al cuello. Ni siquiera tras la muerte de sus padres lo había visto tan disgustado. Había sido su ancla entonces, siempre fuerte, siempre a su lado. Sabía que había intentando controlar su dolor para ayudarla, por eso nunca lo había visto llorar así.

Poco después apoyó la cabeza sobre sus rodillas, como hacía cuando era pequeña, pero esta vez, cuando su abuelo empezó a acariciar su pelo, no pudo calmar su angustia.

–¿Cuánto? –le preguntó.

Se le encogió el estómago cuando él le dijo

la cantidad que había perdido. Aunque tuviera trabajo no podría pagar esa suma.

–Ya no tengo suerte. De verdad, estaba ganando, pero…

–Sí, ya lo sé –lo interrumpió ella, incapaz de escuchar excusas otra vez–. Abuelo, esto tiene que terminar. No puedes seguir esperando tener un golpe de suerte, es absurdo. Prométeme que no volverás a ir al casino. Encontraremos alguna manera de devolverle ese dinero a Ling, volver a ser una familia normal. A lo mejor yo puedo pedir un adelanto de mi sueldo o algo así…

Lainey no pudo terminar la frase al recordar que ella misma se había despedido unas horas antes. ¿Cómo iba a pedir un adelanto de su sueldo si ya no tenía sueldo? Y encontrar otro trabajo sería casi imposible si Adam Palmer decidía correr la voz de que tenía problemas con el juego.

–¿Podrías hacer eso? Es mucho dinero –dijo su abuelo.

–Puedo preguntar, ¿no? Y luego vamos a buscar ayuda profesional para que superes esa adicción.

Entonces se le ocurrió algo. ¿Cómo había conseguido su abuelo que Ling le prestase más dinero? Lee le había asegurado que no volvería a dejarle ni un céntimo…

–¿Cómo has conseguido que Lee te preste se dinero? Sé que te había dicho que no te daría más hasta que la deuda estuviera saldada.

—A eso es a lo que se dedica, ¿no? A prestar dinero con unos intereses altísimos —su abuelo no la miraba a los ojos, pero Lainey sabía por el temblor de sus labios que había algo más.

—¿Qué te ha pedido a cambio?

La respuesta, cuando llegó, no fue menos sorprendente aunque Lainey la temía.

—La casa, hija. He tenido que poner a su nombre la escritura de la casa.

¿La casa? ¿Se había jugado lo único que le quedaba de valor? ¿La casa que había construido con su mujer, la casa en la que su hijo había crecido? Lainey miró a su abuelo, incapaz de decir una palabra.

Cuando había llegado a casa se había asustado al ver que parecía haber envejecido en un fin de semana, pero su expresión en aquel momento la dejó aún más preocupada. La angustia estaba debilitando su salud, había adelgazado…

Y ella no podía perderlo.

Mientras estudiaba sus envejecidas facciones, Lainey tomó una decisión: haría lo que tuviera que hacer para solucionar el problema. Él era lo único que le quedaba en el mundo y se lo debía a la memoria de sus padres. Se lo debía a él, que tanto la había ayudado en el pasado.

Capítulo Nueve

Adam apenas prestó atención al golpecito en la puerta. Pensando que sería la secretaria temporal que había enviado la agencia, terminó de leer el documento que estaba leyendo antes de levantar la cabeza.

Lainey.

Verla allí fue como un puñetazo en el estómago. Desde el momento que salió de su oficina el día anterior no había podido dejar de pensar en ella.

Y estaba a punto de ir a buscarla cuando lo llamaron del departamento jurídico para avisarle de que la corporación Tremont se había puesto en contacto con unos clientes de Melbourne con los que Adam pensaba firmar un contrato durante el próximo fin de semana.

De modo que tenía que ir allí personalmente y asegurar a los clientes que la empresa Palmer no sólo pagaría el mismo precio que ofreciese Tremont sino que endulzaría el trato con otros beneficios.

Tenía que descubrir quién estaba pasándole información confidencial a Tremont. Pero esta vez sabía que no podía haber sido Lainey, fueran cuales fueran los problemas económicos que la habían hecho acudir a Ling.

Debido a la interrupción, y al tiempo que había tardado en solucionar el problema, no había podido ocuparse de Lainey, por mucho que su cuerpo se lo pidiera.

Aquel día llevaba uno de esos trajes horribles otra vez, pero al menos había dejado en casa las lentillas. Pensaba haber dejado bien claro que no quería que se escondiera de él...

Pero, de repente, se puso furioso, la disculpa que había ensayado antes de que los problemas en la oficina se complicaran, olvidada por completo. Él no tenía por costumbre perder, especialmente a mujeres que lo atrajeran tanto como ella.

¿Qué querría?, se preguntó. Aunque no tuvo que esperar mucho para descubrirlo.

—Ayer hice algo que no debería haber hecho —empezó a decir Lainey. Y luego se quedó callada, como si tuviera la frase en la punta de la lengua y no se atreviera a decirla.

Adam miró su cuello y sintió una oleada de satisfacción al ver que aún llevaba la marca de sus besos. La había marcado, pero Lainey había hecho lo mismo. Aún tenía las marcas de sus uñas en los hombros y seguía deseándola como no había deseado a ninguna mujer.

—¿Te importa darme una explicación?

—Debía estar cansada o algo así. No debería haberme despedido. Necesito este trabajo... y

96

me gustaría volver. Que las cosas fueran como antes.

—¿Antes del fin de semana o antes de que te despidieras?

Lainey hizo una mueca.

—¿Qué prefieres tú? —le preguntó, casi sin voz.

Esa pregunta lo excitó aún más. Había dicho algo parecido cuando le suplicó que la tomara la última vez.

Adam vaciló antes de contestar, intentando controlarse. Pero mantendría la iniciativa, como hacía en todas sus negociaciones.

—Te prefiero desnuda en mi cama —le dijo.

Notó que ella contenía el aliento y vio cómo sus mejillas se cubrían de rubor.

—¿Eso es lo que tengo que hacer para conservar mi puesto de trabajo?

Lainey lo miraba a los ojos y tenía que aplaudirla por su valentía.

—No es necesario —contestó Adam, con una sonrisa—. Puedes verlo como un beneficio al margen.

Luego abrió un cajón de su escritorio para sacar el talonario y, después de firmar un cheque, se lo alargó.

—Creo que esto es lo que te debo por el fin de semana, como habíamos acordado.

Pero cuando Lainey iba a tomar el cheque, Adam se lo quitó.

—Estoy dispuesto a doblar la suma si vienes

conmigo a Melbourne este fin de semana. Tienes el pasaporte en regla, ¿verdad?

Ella asintió con la cabeza.

–Muy bien. ¿Qué dices entonces? ¿Doble o nada?

–Sí, sí, iré contigo a Melbourne. Haré lo que tenga que hacer.

Lo que tuviera que hacer. Las posibilidades eran interminables.

Pero Adam sintió una punzada de algo que no quería analizar… tal vez pena porque ella estaba dispuesta a hacerlo por dinero. Pero eso le demostraba hasta qué punto estaba endeudada con Ling.

De modo que rompió el cheque y firmó otro, por el doble de la cantidad. Y Lainey, sin molestarse en mirarlo, lo guardó en el bolsillo de la chaqueta, como si no quisiera admitir que había accedido a sus deseos.

Siempre le había parecido una persona orgullosa, pero había tenido que dejarse el orgullo en casa debido a sus problemas con el dinero. Lo cual le recordaba…

–Para que no haya discusiones, quiero derechos exclusivos. ¿Entendido?

–¿Cómo?

–Eres mía hasta que yo diga lo contrario. No toleraré que veas a nadie más.

–¿Y puedo yo exigir la misma exclusividad? –le espetó Lainey, levantando la barbilla, orgullosa.

–No te preocupes, no tienes competencia –Adam se levantó del sillón y se acercó para quitarle las horquillas del pelo, enredando los dedos en los suaves mechones antes de apartarlo de su cara–. Mientras no pueda evitar hacer esto cada vez que te veo, nadie será capaz de competir contigo.

Luego se inclinó para besarla, tirando suavemente de su labio inferior antes de explorarla con la lengua. Sin pensar, Lainey levantó las manos para agarrarse a la pechera de su camisa, temblando de placer.

Adam no se cansaba de ella, pero no allí, en la oficina. Claro que durante el fin de semana… ah, eso sería espectacular. Con un poco de suerte se saciaría de ella y ese perpetuo anhelo por Lainey desaparecería de una vez por todas.

Entonces se apartó, satisfecho al ver sus labios hinchados y sus ojos ligeramente oscurecidos.

–He dejado unos informes sobre tu mesa y necesito que los pases al ordenador antes de mediodía –le dijo, volviendo a su escritorio–. Ah, y otra cosa, Lainey…

Ella, que iba a salir del despacho, se volvió.

–¿Sí?

Adam sonrió.

–Si no te quitas ese traje y los otros parecidos que tienes, iré personalmente a tu casa para quemarlos. Por favor, no vuelvas a venir a la oficina con un traje como ése.

Lainey cerró la maleta y miró por la ventana. Adam había dicho que un coche iría a recogerla alrededor de las cinco...

El avión con destino a Melbourne saldría de Auckland poco después de las siete y media y, con el cambio de horario, llegarían al aeropuerto de Melbourne alrededor de las nueve y cuarto. Tenían un largo día de trabajo por delante y Adam había dejado bien claro que esperaba que tomase nota de todo lo que se dijera en las reuniones.

A su abuelo no le había hecho mucha gracia que volviera a acompañar a su jefe un fin de semana, pero Lainey no había tenido que recordarle por qué se veía obligada a hacerlo.

Aquella semana había sido interminable y volvía a casa por las noches dispuesta a comer algo e irse a la cama lo antes posible. Afortunadamente, Adam no le había exigido más que su trabajo como secretaria. El comentario de quererla desnuda y en su cama no había pasado de ahí, pero la tensión era insoportable y no dejaba de preguntarse cuándo iba a pedirle que se acostase con él.

El jueves por la tarde salió de la oficina angustiada; la tensión entre ellos durante todo el día había sido como un cable eléctrico suelto, a punto de desencadenar una explosión.

La noche anterior había ido al casino a pagarle a Lee Ling el dinero del cheque que Adam le había dado, pero Ling había insistido en que congelaría los intereses del préstamo si volvía a trabajar para él como acompañante.

Aún sentía náuseas al recordarlo. Ella sabía cuál era su idea del «trabajo». Aunque inicialmente se limitaba a ir de su brazo por el casino, le había preocupado desde el principio que tarde o temprano Ling esperase algo más.

Qué curioso que la idea de hacer virtualmente lo mismo con Adam no la llenase de angustia. Sabía que sus ingenuos sueños del fin de semana, que Adam y ella pudieran ser algo más que jefe y secretaria, algo más que un hombre y su amante, eran absurdos. Pero una parte de ella se agarraba a la idea de que, con el tiempo, tal vez las cosas pudieran cambiar.

Suspirando, Lainey sacudió la cabeza. Eso tenía tantas posibilidades de ocurrir como que su abuelo mágicamente perdiera su adicción al juego.

Cuando oyó la bocina de un coche en la puerta, tomó la maleta y salió de su habitación, deteniéndose un momento en la puerta del dormitorio de su abuelo.

Suspirando, puso la mano sobre la hoja de madera, como esperando poder hacer un encantamiento que lo mantuviese allí, a salvo, alejado de las tentaciones. Pero sabía que le sería muy difícil resistir durante tres días.

Luego, después de llamar a la puerta, asomó la cabeza en la habitación.

–Me voy, abuelo. Cuídate, por favor. Volveré el domingo por la noche, pero no hace falta que me esperes despierto.

–Muy bien. Adiós, hija.

Adam estaba esperándola frente al coche, con el maletero abierto.

–Pensé que enviarías un taxi –le dijo, mientras subía al BMW.

–He cambiado de planes.

Lainey lo observó por el rabillo del ojo mientras arrancaba. Estar encerrada con él en un sitio tan pequeño la hacía sentir incómoda. Desde que la besó el martes no había vuelto a tocarla y ella había empezado a preguntarse qué esperaría de ese fin de semana.

Aún tenía el pelo mojado de la ducha y el aroma de su colonia se filtraba en sus sentidos como una droga. Lainey intentó contener el deseo mientras observaba sus manos sobre el volante… intentando no imaginarlas sobre su cuerpo.

Un gemido escapó de su garganta y Adam volvió la cabeza.

–¿Estás bien?

–Sí, sí, estoy bien.

Él siguió concentrado en la carretera. Afortunadamente, el viaje hasta el aeropuerto fue rápido y, poco después, estaban en la sala de espera de primera clase. Lainey intentó tomar un té y una magdalena mientras Adam miraba unos documentos, dejando que el café se enfriase en su taza.

No sabía qué hacer. Esperar la ponía nerviosa porque le daba demasiado tiempo para pensar. Demasiado tiempo para recordar.

En poco más de una semana, su vida había cambiado de forma irrevocable, pero ella no había sido más que un simple peón, movido por el destino a su antojo. Una víctima de la manipulación de otros. Y era horrible. Aquella sensación de no controlar su vida, de ir sin rumbo, no era a lo que ella estaba acostumbrada y se juró a sí misma volver a poner su vida en orden en cuanto la deuda de su abuelo estuviera pagada.

Luego miró a Adam, inmaculado con su traje de chaqueta incluso a esa hora de la mañana, y suspiró por dentro. No podría seguir trabajando para él cuando todo aquello hubiese terminado.

Al menos antes podría haber pensado que la respetaba, pero ahora… ¿cómo iba a respetarla? Se había vendido sin protestar, sin explicarle por qué se veía obligada a hacerlo. Desde el punto de vista de Adam, sin duda parecería una mujer avariciosa que buscaba la oportunidad más fácil para conseguir dinero. Sabía que sospechaba que tenía deudas de juego… y la verdad era que las tenía, aunque no fueran suyas. Pero nunca podría decirle la verdad.

Cuando había vuelto de Russell, le había sugerido a su abuelo que podría pedir un préstamo personal en el banco, pero él no quiso saber nada. Se había vuelto paranoico, temiendo que los directivos de la cadena de televisión supieran lo de su adicción al juego.

Hugh quería que pensaran que estaba feliz en su retiro, sin problemas económicos, que las pérdidas en el casino no habían tenido impacto alguno en su vida… porque nadie quería estar con un perdedor, decía él. Si alguien descubría su situación, la cadena rompería el contrato y buscarían a otro para hacer el programa.

Esa vergüenza sería insoportable para él. Su reputación como una de las personalidades televisivas más queridas de Nueva Zelanda era lo único que le quedaba en la vida y no estaba dispuesto a perderla.

Lo que preocupaba a Lainey de verdad era que siguiera sin aceptar que aquello era una adición, una enfermedad. Porque hasta que no reconociera el problema no sería capaz de buscar la ayuda que tanto necesitaba.

Lo cual la llevaba a donde estaba en aquel momento. Lainey volvió a mirar a Adam, que hizo una mueca al tomar un sorbo de café.

—Espera, voy a buscar uno caliente.

Él levantó la mirada entonces.

—Gracias —se limitó a decir, antes de seguir trabajando.

Y eso lo resumía todo, pensó Lainey mientras se alejaba. No era más que un interés pasajero. Como un niño frente a una tienda de caramelos, Adam Palmer había visto lo que quería en el escaparate y había hecho todo lo posible para conseguirlo.

Sabía que ella había participado, por supuesto. Quién no lo hubiera hecho con un hombre tan atractivo. Adam tenía un rostro de facciones simétricas, desde el hoyito en la barbilla a sus altos pómulos o la línea recta de sus cejas.

Recordaba haber leído en alguna parte que la gente se sentía atraída por personas con facciones simétricas. Bueno, pues debían haber pensado en hombres como Adam Palmer para formular esa teoría.

Y, además de su atractivo físico, aquel aire distante, aquella sensación de poder y seguridad que lo acompañaba a todas partes… sí, a una mujer se la podía perdonar por enamorarse de un hombre así.

Capítulo Diez

Le temblaban tanto las manos mientras levantaba la cafetera que le cayó un poco de café hirviendo en la muñeca. Lainey hizo un gesto de dolor mientras se secaba con una servilleta de papel.

No, no era tan tonta como para creerse enamorada de Adam Palmer. Lo deseaba, desde luego… ¿pero enamorada?

No, imposible. El amor era otra cosa; la unión de dos personas que se conocían, que tenían intereses y gustos similares, que se entendían la una a la otra. Una conexión profunda entre dos personas que las convertía en una sola.

La única conexión que había entre Adam y ella era física… y lo que él estuviera dispuesto a pagar por saciar su deseo. Y hasta ahí era hasta donde podía llegar Lainey con un hombre como él.

Se preguntó entonces a qué mujer amaría Adam, con quién formaría una familia. Y le sorprendió sentir una punzada de envidia.

Ella quería ser esa mujer.

Lo deseaba con una desesperación que sobrepasaba todo lo que había deseado en su vida. Pero aunque soñara cómo sería despertarse con él todos los días, estar absolutamente segura de su amor, se dijo a sí misma que era absurdo. Era imposible.

No, tenía lo que tenía con él y nada más. Debía guardar los recuerdos de aquel encuentro en un rincón de su corazón porque eso era lo único que iba a tener.

Cuando volvió a su lado con la taza de café, él levantó la mirada.

—Gracias.

—De nada.

Pero cuando Lainey iba a retirarse, Adam sujetó su muñeca.

—¿Qué es esto? —le preguntó.

—Nada, es que me ha caído un poco de café mientras lo servía…

—¿Te has puesto agua fría en la quemadura?

—No, no es nada. El café no está tan caliente, afortunadamente.

—Deberías cuidarte mejor —dijo él.

—¿Te preocupa que haya dañado la mercancía? —replicó Lainey, molesta.

Adam levantó una ceja.

—No hagas eso.

—¿Que no haga qué?

En lo único que podía pensar era en el roce de sus dedos acariciando su muñeca. ¿Podría sentir cómo se había acelerado su pulso, cómo se excitaba cuando la tocaba?

—No te rebajes así. Los dos sabemos que tú

has elegido estar aquí conmigo y estás siendo recompensada por ello.

Oh, sí, bien recompensada, desde luego. Ese recordatorio le dio la armadura que necesitaba para controlar tan locos pensamientos.

Pero entonces Adam se llevó su muñeca a los labios para besar con la mayor ternura la suave piel marcada por una red de venitas azules y Lainey se estremeció.

Cuando la soltó estaba temblando.

–Voy al lavabo… a mojarme un poco la mano.

Sentía los ojos de Adam clavados en su espalda, como si un hilo invisible los uniera, y suspiró, aliviada, cuando la puerta se cerró tras ella.

Mientras dejaba que el agua fría aliviase el escozor de la quemadura se preguntó qué iba a hacer para que Adam Palmer no supiera lo que sentía por él. Porque no tenía la menor duda de que la descartaría como un periódico viejo si supiera que su secretaria se había enamorado de él.

En el aeropuerto de Melbourne fueron recibidos por una limusina que los llevó al centro de la ciudad a toda prisa. Y, una vez en el hotel, el portero les abrió la puerta del coche mientras llamaba a un botones para que se encargase del equipaje.

–Vamos a ver si la suite está preparada –dijo Adam–. Tenemos algún tiempo antes de la primera reunión y quiero que revisemos algunas cosas.

Lainey nunca olvidaría su primera mirada al vestíbulo del hotel, con una fuente de mármol en el centro y una escalera doble a cada lado, arañas de cristal en los altísimos techos, enormes espejos enmarcados en pan de oro...

Era como entrar en otro mundo.

Y eso fue lo que decidió hacer ese fin de semana: fingir que estaba en otro mundo... un mundo en el que Adam y ella eran una pareja de verdad, juntos porque querían estarlo.

Cuando llegaron a la suite, su nuevo mundo estuvo completo. La vista del río Yarra y la ciudad de Melbourne reforzaba esa sensación de fantasía y, en aquel momento, lo último que deseaba era descansar. Lo que quería era echarse en los brazos del hombre que había entrado tras ella en la suite y demostrarle con actos, ya que no podía hacerlo con palabras, lo que sentía por él.

Y guardar aquel recuerdo en su memoria para siempre.

El botones entró tras ellos con el equipaje y Adam se encargó de darle una propina mientras ella inspeccionaba el resto de la suite. Lainey se llevó una mano al corazón al entrar en el cuarto de baño, con paredes de mármol de color oro antiguo.

Incluso allí había arañas de cristal y un jacuzzi lo bastante grande para dos personas...

Desde aquella noche en la piscina, y en la ducha de la piscina, Lainey apenas podía mirar el agua sin experimentar una sensación agridulce.

Cuando se miró al espejo y se vio con los ojos brillantes y las mejillas enrojecidas pensó que no parecía una secretaria competente. No, parecía una mujer enamorada, a punto de disfrutar del mayor de los placeres con su amante...

Un ruido en la puerta hizo que levantase la mirada.

Adam estaba allí y sus ojos se encontraron a través del espejo. Esmeraldas encontrándose con el oscuro zafiro.

Sin decir nada Adam se colocó tras ella, poniendo las manos en sus caderas. Lainey sintió el calor de sus dedos a través de la tela de la falda cuando se inclinó para besar su cuello...

—Sí —murmuró ella instintivamente.

Adam deslizó las manos por sus caderas antes de levantar la falda y lo oyó contener el aliento cuando vio que debajo sólo llevaba medias con sujeción de encaje y un tanga diminuto.

Lo miró por el espejo, sintiéndose casi como una *voyeur*, como si no fuera su cuerpo el que estuviera tocando sino el de otra mujer.

Adam empezó a acariciar sus muslos con una mano mientras con la otra sujetaba la falda sobre su cintura. Apretó sus nalgas, acariciándola con un dedo por encima de las braguitas... y ella tembló como respuesta.

La acariciaba arriba y abajo y, con cada roce, Lainey empujaba las nalgas hacia él para rozar el bulto bajo el pantalón. La tensión era insoportable y sentía que estaba a punto de llegar al orgasmo… pero no del todo.

Hasta que Adam metió los dedos bajo el tanga para rozar su clítoris, enviando un escalofrío monumental por todo su cuerpo, antes de bajarle la prenda.

Soltó su falda y, por el espejo, Lainey vio que se llevaba la mano a la hebilla del cinturón. Un segundo después, el pantalón caía al suelo y Adam se liberaba de la presión de los calzoncillos.

Lo sintió temblar cuando la aterciopelada punta de su miembro rozó sus nalgas, acercándose poco a poco a la zona que anhelaba su posesión.

–Ah, demonios –masculló Adam entonces, apartándose–. Espera un momento, no te muevas. Voy a buscar un preservativo.

Por el espejo, Lainey vio que se inclinaba para subirse el pantalón antes de salir del baño. Temblando de deseo, anhelando estar con él, se miró al espejo… y se quedó sorprendida al ver aquella imagen voluptuosa. No parecía ella, parecía otra persona.

Afortunadamente, él volvió enseguida para retomar lo que habían dejado a medias. Y Lainey agradecía haber llevado tacones porque así Adam tenía más fácil acceso.

Se mordió los labios, conteniendo un gemido, cuando entró en ella, ensanchándola hasta quedar enterrado del todo. Luego pasó un brazo por su pelvis para levantarla un poco más y, rozando los rizos con un dedo, buscó el capullo escondido mientras embestía una y otra vez.

Lainey levantó la cabeza para mirarse al espejo porque necesitaba una conexión con él que fuera más allá de la conexión de sus cuerpos. Las embestidas empezaron siendo lentas, atormentándola una y otra vez mientras rozaba su clítoris con los dedos.

Luego el tempo aumentó, volviéndose casi frenético y, de repente, Lainey no podía aguantar más... las caricias de sus dedos, su posesión, verse en el espejo doblada de placer... era demasiado y se apretó contra él, siguiendo su ritmo. Dejando escapar un gemido ronco que era casi un grito, Adam clavó los dedos en su carne cuando llegó al orgasmo.

A Lainey le pareció una eternidad hasta que su corazón volvió al ritmo normal y las piernas dejaron de temblarle. Adam estaba inclinado sobre su espalda, su aliento quemando su cuello, aún enterrado en ella...

Pero entonces, sin decir nada, se apartó para quitarse el preservativo mientras ella se estiraba, bajándose la falda.

Aparte de un leve enrojecimiento en las mejillas y la garganta y una manchita de máscara bajo los ojos, nadie podría imaginar lo que había experimentado unos segundos antes. Nadie más que el hombre que estaba lavándose a su lado… y Adam no podía ni imaginar lo que sentía por él.

–Será mejor que empecemos a repasar esas notas –le dijo mientras volvía a subirse los pantalones, pasando de amante a hombre de negocios en un segundo.

Y así, de repente, la magia había terminado.

Adam salió del baño sin decir una palabra y Lainey comprobó su blusa en el espejo, agradeciendo que no se hubiera arrugado. Unas braguitas nuevas y sería como si no hubiera pasado nada.

Pero ella sabía en su corazón que haría falta algo más que unas braguitas nuevas para que todo estuviera bien.

Y, sin embargo, obligándose a sí misma a dejar de pensar que la esperanza moría un poco más cada vez que él se alejaba, hizo los arreglos necesarios en su maquillaje y se reunió con Adam en el salón de la suite.

De vuelta a la normalidad.

Adam observaba a Lainey en el casino de Melbourne, charlando con un grupo de clientes australianos con los que llevaba negociando un día y medio. Y, mientras la miraba, tenía que hacer un esfuerzo sobrehumano para controlar el deseo que sentía por ella.

Había pensado que aquel fin de semana se saciaría del todo... y lo había intentado. Pero no era suficiente. Cada vez que hacían el amor sólo conseguía que su apetito por ella aumentase un poco más.

El vestido azul que llevaba resaltaba el color de sus ojos como nunca y Adam tuvo que luchar contra una oleada de celos cuando la vio acercarse al director de la firma con la que estaban negociando y le dijo algo al oído. Los celos se convirtieron en algo más primitivo cuando el hombre bajó la mirada hacia su escote...

Aquel tipo podía meterse el negocio donde quisiera. No tenía derecho a mirar así a Lainey.

De repente, Adam decidió que estaba harto. Harto de juegos y harto de ver a otros hombres babeando por su mujer.

¿Su mujer?

Eso sí que era una broma. Lainey sólo era suya mientras la pagase y, por alguna razón, pensar eso le dolía. Si aparecía otro hombre con un talonario mayor... pero rechazó la idea de antemano. Haría lo que tuviera que hacer para retenerla a su lado durante el tiempo que quisiera. Era su acompañante y, en aquel momento, él necesitaba su compañía.

Cuando volvieron a la suite prácticamente se lanzó sobre ella, incontrolable en su deseo de poseerla, de dejar su marca, de hacerla irrevocablemente suya. Y cuando la llevó al orgasmo y Lainey gritó su amor por él, se sintió completo como no se había sentido antes. Era suya, absolutamente suya.

Tarde, mucho más tarde, con Lainey dormida a su lado, Adam miraba el techo de la habitación intentando reunir las piezas del enigma que era esa mujer y que, en unos días, le había dado más placer que todas sus aventuras juntas.

Su descontrolada exclamación de amor seguía sonando en sus oídos, enviando un escalofrío por su espalda. Amor.

¿Qué sabía él del amor? ¿Y qué realista podía ser una declaración de amor hecha bajo el signo del dólar? ¿Pensaría Lainey que eso era lo que esperaba de ella? ¿Que se sentiría satisfecho con una mala copia de la realidad?

Pensó entonces en su experiencia con el amor y su convicción de que estaba cargado de expectativas y responsabilidades con las que uno tenía que cumplir.

Expectativas y responsabilidades que él cumplía cada día de su vida. Como único superviviente de gemelos, siempre había sentido que tenía que compensar a sus padres por la pérdida del otro niño. Era absurdo, por supuesto, pero siempre había pensado que sus padres merecían algo más.

Nunca había sentido que él era suficiente y, con el tiempo, supo que la pérdida del otro niño había tenido un impacto negativo en la relación de sus padres.

Los Palmer habían vivido y trabajado juntos durante casi toda su vida, pero Adam sentía que les faltaba algo. Tal vez por eso se había esforzado tanto siempre. Competía fieramente con su primo, Brent, en el colegio privado en el que estudiaron, fuera y dentro del aula, buscando siempre alguna manera de aventajar al otro. Su amigo Draco Sandrelli se reía de ellos... para luego apuntarse a todas las aventuras.

Adam había tenido poco tiempo para relaciones más que con su familia y sus dos mejores amigos y, sin embargo, sabía que también a él le faltaba algo. Algo que ahora había descubierto en los brazos de Lainey, en sus caricias, en su aceptación del deseo que sentían el uno por el otro.

Ella se movió entonces, su aliento una caricia sobre su torso, la suave melena sobre su piel. Adam apretó su cintura, como si así pudiera retenerla para siempre. Era como una droga. Cuanto más la probaba, más la necesitaba. Y más le daba ella.

Sin embargo, Lainey no había pedido nada a cambio. Aquel fin de semana había tenido la oportunidad de hacer que abriese el talonario para sacarle lo que quisiera pero, aparentemente, no tenía interés en gastar su dinero. Claro que si necesitaba dinero para pagar una deuda, gastárselo en ropa no sería una de sus prioridades.

Pensó entonces en cuando le dijo que irían

al casino esa noche, esperando que mostrase cierto entusiasmo. Pero en lugar de eso se había mostrado nerviosa mientras entraban en la zona VIP, sin mostrar el menor interés por las mesas de juego.

Ése no era el comportamiento de una persona con una adicción al juego, pensó. A menos, claro, que su deuda con Ling fuera tan grande que empezaba a tener miedo.

Pero su conducta no había sido la que él esperaba en absoluto. Teniendo la oportunidad de jugar con un dinero que no era suyo, sin riesgo alguno, ¿no debería haberse aprovechado?

Al fin y al cabo, había aceptado el cheque. Y Adam sabía que lo había cobrado casi de inmediato.

Había algo que no cuadraba en aquella situación y lo molestaba no saber qué era. Pero mientras despertaba a Lainey una vez más para tomar lo que tan generosamente le daba, se prometió a sí mismo que llegaría hasta el final del asunto de una manera o de otra.

Capítulo Once

Llevaban un mes en Auckland después del viaje a Melbourne y, sin embargo, a Lainey le parecía como si hubiera pasado una eternidad. Durante las últimas cuatro semanas, Adam se había mostrado distante, un hombre diferente al amante insaciable que había sido en Melbourne.

El domingo por la mañana, después de desayunar, habían visitado la Galería Nacional de Victoria antes de volver al hotel para hacer el equipaje e ir al aeropuerto.

Pero habían terminado en la cama de nuevo, las sábanas de algodón egipcio prácticamente ardiendo de pasión. Al final, habían tenido que guardar las cosas en la maleta a toda prisa para no perder el avión.

Durante el viaje de vuelta Adam se había puesto a estudiar unos documentos y, además, había contratado dos coches, que los esperaban en el aeropuerto, para que volvieran a casa por separado.

Lainey volvió a su casa sintiéndose como si hubiera sido descartada, relegada a una esquina hasta que fuera necesaria de nuevo.

En la oficina, Adam se mostraba estrictamente profesional. Ni una sola referencia a sus intimidades, ni a su declaración de amor, hecha en un momento de pasión durante su última noche en Melbourne.

Casi empezaba a pensar que había imaginado aquella experiencia... hasta que Adam le preguntó el viernes siguiente si estaba interesada en hacer más «horas extra».

Como Ling le había recordado el día anterior que los intereses de la deuda aumentaban cada día, Lainey aceptó su oferta sin negociar y sin darse cuenta de su decepcionada expresión mientras firmaba un cheque.

Pasar juntos los fines de semana se había convertido en una costumbre; salía de la oficina con Adam el viernes por la tarde y volvía a casa el domingo por la noche.

Durante el tiempo que estaba con él era como si fueran dos personas completamente diferentes a los que eran en la oficina. No había clientes, ni trabajo, ni llamadas de teléfono, sólo Adam y las interminables horas que pasaban juntos.

En aquel momento, como todos los domingos por la noche, él la había dejado en la puerta de su casa y, mientras metía la llave en la cerradura, por primera vez esperó que su abuelo no estuviera allí.

No podría soportar su mirada de censura de nuevo, especialmente porque era su comportamiento, su decisión de jugar en el casino, lo que la había puesto en aquella terrible situación. Si hubiera estado dispuesto a tragarse su orgullo y buscar ayuda para su enfermedad, todo se habría solucionado.

Pero la triste verdad era que Hugh Delacorte había puesto su orgullo por encima de su casa y de su propia nieta. Y Lainey lo quería demasiado como para echárselo en cara.

La noche anterior, mientras nadaba desnuda en la piscina climatizada de la casa de Adam, en la península Broomfield, al sur de la ciudad, había tomado una decisión. Estar con Adam se había convertido para ella en algo tan necesario como respirar.

Quería estar con él, pero ya no podía aceptar dinero por hacerlo. Sí, sabía que muchos hombres ricos tenían amantes a las que colmaban de regalos, ropa, coches, joyas, incluso apartamentos y casas. Lo que ella estaba haciendo no era diferente, salvo que en el fondo de su corazón, donde importaba de verdad, sabía que estaba mal.

Aceptar su dinero cada viernes la destrozaba por dentro.

Aquel fin de semana, Adam se había mostrado diferente, ella había sido diferente, más relajada, y el tiempo que pasaron juntos le había hecho ver que era hora de enfrentarse con Hugh y decirle que debía buscar ayuda profesional.

Su propia felicidad, su oportunidad de conseguir que Adam y ella tuvieran una verdadera relación dependía de ello.

Si seguía aceptado su dinero sólo por acostarse con él ¿cómo iba a esperar algo más? Y, sobre todo, ¿cómo iba a convencerlo de que estaba con él porque lo quería y no por su dinero?

Cuando abrió la puerta de su casa, esperó el saludo de su abuelo… pero la recibió el silencio. Tampoco estaba en el salón y, como estaba lloviendo, no podía estar en el jardín.

Se preguntó entonces, angustiada, si habría cumplido su promesa de no volver al casino. Estaban a punto de grabar la nueva serie y ella sabía lo importante que era eso para su abuelo, de modo que sólo podía esperar que fuera suficiente para alejarlo del juego.

Lainey empezó a hacer la cena para los dos y sólo cuando estaba metiendo en el horno unos filetes de pescado congelado se dio cuenta de que la lucecita del contestador estaba encendida.

Sólo había un mensaje pero, por alguna razón, tal vez un sexto sentido, no se atrevía a pulsar el botón. En lugar de eso, puso la mesa para dos y se dispuso a hacer una ensalada.

Y, sin embargo, la lucecita roja del contestador seguía centelleando…

Dejando escapar un suspiro de frustración, Lainey soltó los utensilios sobre la encimera y, por fin, pulsó el botón del contestador... y se le heló la sangre en las venas al escuchar la voz de Lee Ling.

–«Éste es un mensaje para la señorita Delacorte. En vista de que no ha cumplido su promesa de pagar el dinero que me debe y ya que tampoco ha amortizado los intereses de su préstamo, he llegado a la única conclusión posible: si no puede pagarme el dinero que me debe en su totalidad para final de mes me veré obligado a recuperarlo vendiendo la casa de su abuelo».

El mensaje terminaba allí, el pitido del teléfono haciendo eco en la habitación.

¿Por qué no habría usado su abuelo el adelanto que le habían dado en la cadena de televisión para pagar su deuda con Lee?

Sólo había una conclusión posible: debía habérselo jugado.

Lainey se dejó caer sobre el sofá, enterrando la cara entre las manos. Sabía que debería haberlo vigilado más. ¿Por qué había pensado que iba a cambiar? Pensó entonces en el cheque que aún tenía en el bolso, el cheque de Adam. Un cheque que no quería aceptar y que simbolizaba la diferencia entre lo que quería y lo que ya nunca podría tener.

Cuando sonó el timbre del horno se levantó. Sólo podía hacer una cosa para salvar su hogar: tenía que pedirle a Ling más tiempo... y luego, de alguna forma, tenía que encontrar los fondos necesarios para pagar esa deuda, empezando por el dinero de Adam.

Un dinero que había pensado devolverle al día siguiente, en la oficina.

Cuando oyó llegar el coche de su abuelo por el camino se levantó a toda prisa para borrar el mensaje del contestador. Después de cenar, iría al casino a ver a Ling y resolvería el asunto. Si podía convencerlo para que reconsiderase su amenaza de vender la casa, por fin podría respirar tranquila.

Lainey pasó la mano por el vestido rojo, el que se había puesto la última vez que fue con Ling al casino, antes de acercarse a él para poner una mano sobre su hombro. Y, al verla, sus ojos se iluminaron con un brillo de satisfacción.

Ling tomó su mano para ponerla sobre su brazo, dándole una palmadita mientras terminaba su conversación con un grupo de empresarios chinos. Ella no entendía el idioma, pero no hacía falta que lo entendiera; las sonrisas de complicidad de los hombres dejaban bien claro para qué pensaban que estaba allí.

Lainey se obligó a sí misma a sonreír; una tarea muy difícil cuando algo le decía que estaba cometiendo un terrible error, que debería haberle hablado a su abuelo de la llamada de Ling y exigido saber qué había hecho con el dinero que le había adelantado la cadena de televisión.

Pero era demasiado tarde, ya estaba comprometida.

–Me alegro de volver a verte, querida –sonrió el prestamista cuando se quedaron solos, lanzando una mirada libidinosa hacia su escote.

Lainey dio un respingo, casi como si la hubiera tocado, pero intentó disimular un gesto de asco mientras sacaba del bolso el cheque de Adam.

–Imagino que con esto será suficiente por el momento… y que no volverás a amenazar con vender la casa de mi abuelo.

Ling miró el cheque y sonrió, avaricioso.

–Por el momento –asintió–. Pero aceptaré este cheque con una condición.

–¿Cuál?

–Que volvamos al acuerdo original y me acompañes cada noche esta semana. Estoy esperando a una gente muy importante y seguro que apreciarán tu compañía.

Lainey tuvo que contener una ola de bilis que subió a su garganta mientras asentía con la cabeza. No quería pensar en lo que podría pasar si Adam se enteraba de que había vuelto con Ling. Había dejado bien claro que la quería a su servicio exclusivamente y se pondría pálido si supiera lo que estaba haciendo, aunque sólo fuera actuar como cebo para la clientela del prestamista.

Odiaba animar a la gente para que hiciera precisamente lo que intentaba que su abuelo dejase de hacer. Era terrible, pero no veía otra salida.

Angustiada, deseó haberle contado a Adam la verdad desde el principio, la razón por la que estaba en el casino, vestida de esa manera, acompañando a Ling para que sus clientes apostasen más… un dinero que luego perdían y tenían que pedirle prestado a él.

Pero no podía contárselo por mucho que afectase a su vida y ya no habría oportunidad de convencerlo de que era algo más que su secretaria durante la semana y su amante a partir del viernes por la tarde.

A la mañana siguiente, Lainey intentó disimular un bostezo mientras guardaba el bolso en el armario de la oficina.

Le había costado un mundo levantarse de la cama y había tardado más de lo que esperaba en ocultar las ojeras con maquillaje.

Suspirando, se dedicó a su rutina matinal: abrir la correspondencia de Adam y descargar sus correos electrónicos antes de llevar todo lo que pudiera ser interesante a su despacho.

Su corazón dio un saltito al verlo tras su escritorio, como le pasaba siempre. Pero cuando Adam levantó la mirada del ordenador, Lainey se detuvo al ver su expresión.

Ya no era el amante del fin de semana ni el profesional con el que trabajaba cada día.

En lugar de eso estaba mirando a un hombre poseído por una furia de la que no lo creía capaz.

–¿Ocurre algo? –le preguntó, dejando la correspondencia sobre su mesa.

–¿Si ocurre algo? –replicó Adam, clavando en ella sus ojos–. Dímelo tú, Lainey.

–No sé de qué estás hablando –murmuró ella, conteniendo el deseo de ir a su despacho, tomar el bolso y volver a casa para empezar otra vez.

–Tal vez te gustaría explicarme esto.

Adam giró su ordenador portátil para que pudiera ver la pantalla y Lainey vio una imagen tomada por una cámara de seguridad. Y no tenía que seguir mirando porque enseguida reconoció la sala VIP de jugadores del casino y a la pareja que había en el centro...

Le encantaría explicar por qué estaba allí con Ling, pero no podía hacerlo. No podía traicionar el secreto de su abuelo porque le había dado su palabra. Y al menos uno de los dos tenía que cumplirla.

La noche anterior, antes de irse de casa, le había dicho a su abuelo que iba a hacerle un pago a Ling y él había jurado que le devolvería el dinero. Naturalmente, Lainey no lo había creído pero no podía hacer nada. ¿Qué iba a hacer? Sólo se tenían el uno al otro.

Entonces miró a Adam, esperando encontrar comprensión en sus ojos, que de alguna forma supiera que no hacía aquello porque quisiera hacerlo.

–¿Y bien? –dijo él, levantándose.

–Fui al casino anoche. ¿Eso es un crimen?

–¿Un crimen? Una pregunta muy interesante, Lainey.

–¿Cómo has conseguido esa fotografía?

Adam la fulminó con la mirada. ¿Podía ser aquél el mismo hombre que había gritado su nombre mientras hacían el amor menos de veinticuatro horas antes? Ahora la miraba como si fuese una extraña y no la persona con la que compartía todo tipo de intimidades.

–Cómo haya conseguido la fotografía no es lo importante. Lo importante es qué estabas haciendo tú con Ling. Dime la verdad, Lainey: ¿qué hacías anoche con ese hombre cuando yo te pedí expresamente que no volvieras a verlo?

–Es algo personal.

–¿Algo personal? –repitió él–. ¿Y lo que hay entre nosotros no es personal? ¿O estás diciendo que nos colocas a Ling y a mí en la misma categoría?

–¡No es eso!

–Entonces dímelo, ¿qué es?

–¿Cómo puedes preguntarme eso cuando durante la semana no soy para ti más que una empleada mientras que los fines de semana es todo lo contrario? Ya no sé ni dónde estoy…

–¿Quieres que me deje llevar por mis deseos durante la semana, en la oficina, cuando sé que con sólo alargar la mano te tengo ahí, dispuesta, sumisa, suplicándome que haga esto...?

Adam la tomó por la cintura, su rostro a unos milímetros del suyo, mirándola a los ojos mientras, bruscamente, apartaba a un lado la blusa para acariciar sus pechos.

Y entonces, tan rápidamente como había empezado, la soltó, dejándola con el corazón en la garganta.

–¿Cómo te atreves? –le espetó ella, ajustándose la blusa.

–Me atrevo porque tú me dejas. Tú me deseas tanto como yo a ti. ¿Quieres saber por qué te trato de manera diferente en la oficina? Te trato como si no hubiera nada entre nosotros porque es la única manera de trabajar sin estar obsesionado contigo. Sin querer cerrar la puerta de mi despacho, tirar todo lo que hay en el escritorio y tomarte allí mismo para verte desnuda, loca de deseo por mí. Es lo único que puedo hacer sabiendo que estarás ahí para mí los fines de semana... pero nada de eso, ni el dinero ni yo, es suficiente para ti, ¿verdad? –Adam sacudió la cabeza, disgustado–. ¿Cuando dijiste en Melbourne que me querías lo decías en serio?

¿La había oído? Lainey se llevó una mano al corazón. Había querido convencerse a sí misma de que no la había oído, de que perdido en la pasión del momento, Adam no se había dado cuenta. No había dicho nada entonces, cuando le confesó sus sentimientos sin querer, pero ahora había una posibilidad de convencerlo.

–Pues claro que lo dije en serio –Lainey respiró profundamente. Todo dependía de que pudiera convencerlo de que estaba diciendo la verdad–. Nunca hubiera dicho que te quería si no lo sintiera. Ojalá pudiese decirte la verdad sobre Ling, pero no puedo. No tiene nada que ver contigo y conmigo, Adam…

–No me mientas, Lainey –la interrumpió él–. ¿Quieres saber cómo he conseguido esa fotografía? Yo te lo diré: tengo vigilado a Ling porque ese hombre tiene por costumbre vender información. Información que afecta a mi empresa como tú no puedes imaginar siquiera. Miles de puestos de trabajo están en peligro cada vez que él vende un secreto. ¿Crees que es un simple prestamista? Así es como empieza y cuando la gente no puede pagarle con dinero, les exige otro tipo de pago. Dime, ¿cuánto dinero le debes tú, Lainey?

Ella empezó a darse cuenta de que, al no contarle la verdad desde el principio, Adam había pensado lo peor… pero antes de que pudiera ordenar sus pensamientos Adam siguió, en el mismo tono:

–Alguien de la corporación Tremont está consiguiendo información sobre nosotros antes de que aparezca en los periódicos financieros. Yo me había convencido a mí mismo de que no podías ser tú, no quería creer que lo fueras… pero ahora, al ver esta fotografía, ya no estoy tan seguro. Así que dime, Lainey, ¿qué información le estás vendiendo a Ling y a qué precio?

Ella negó con la cabeza, furiosa. No podía creer eso, era imposible. Sus ojos se llenaron de lágrimas, pero intentó contenerlas.

—¡Yo no le vendo nada! Tienes que creerme, Adam. Si él está vendiendo información de Industrias Palmer no consigue esa información a través de mí, te lo aseguro.

—¿Creerte? —repitió él—. ¿Cómo voy a creerte si no me cuentas nada? Es evidente que te tiene en su poder, de no ser así no estarías con los dos. ¿O es otra cosa? ¿Te gusta vivir peligrosamente? ¿Un hombre no es bastante para ti? Tal vez has estado acostándote con él todo este tiempo…

—¡No! —gritó Lainey—. No hagas esto, Adam. Por favor, te quiero… de verdad. Pero no puedo explicarte mi relación con Ling. No puedo hacerlo.

—¿No puedes o no quieres? A mí me parece que no tienes alternativa. O me lo dices o nuestra relación ha terminado.

—Por favor, Adam, tienes que confiar en mí.

—No puedo… ya no puedo hacerlo.

—¿Y mi trabajo? —preguntó Lainey, con un

nudo en la garganta. Sin su trabajo, su abuelo y ella se quedarían en la calle.

–Por el momento prefiero que sigas aquí, donde yo pueda vigilarte. Pero si descubro que vuelves a ver a Ling, puedes ir buscando otro empleo.

Capítulo Doce

El resto del día fue como un borrón para Lainey. Mientras seguía trabajando de manera más o menos normal, en realidad era como si alguien le hubiese arrancado el corazón. Y cuando por fin llegó a casa estaba completamente destrozada.

Lainey entró en la casa que había sido su santuario en los peores momentos de su vida, la casa que estaban a punto de perder y, angustiada, se apoyó en la pared, dejando que su bolso se deslizara hasta el suelo.

¿Qué iban a hacer? Había llamado a Lee al móvil para decirle que no podría ir al casino esa noche ni ninguna otra y él le recordó en términos bien claros cuáles serían las consecuencias.

Deslizándose hasta el suelo, Lainey apoyó la cabeza en las rodillas y empezó a llorar.

–Lainey, cariño. ¿Qué ocurre?

Ella intentó hablar, asegurarle que estaba bien, pero las palabras no salían de su garganta.

Y cuando su abuelo la abrazó, las lágrimas se convirtieron en sollozos de angustia.

–¿Qué te ha hecho ese jefe tuyo? Seguro que te hizo pensar que te quería para luego dejarte plantada. Sabía que nada bueno podría salir de esto…

–Pero yo lo quiero, abuelo. Lo quiero mucho.

–Lo sé, hija, lo sé –intentó consolarla él, acariciando su pelo. Aunque sus caricias sólo lograban que llorase más.

¿Cómo iba a decirle que había aceptado dinero de su jefe para pagar la deuda que tenía con Ling? Saber que la había reducido a eso, aunque ella lo hubiera hecho por gusto al descubrir que estaba enamorada de Adam, le rompería el corazón.

Cuando por fin pudo dejar de sollozar, le echó los brazos al cuello y se agarró a él con fuerza. Siempre había sido su ancla y ella le había fallado cuando más la necesitaba. Había intentado solucionarlo, encontrar una solución para el problema, pero al final había fracasado.

–Ven –dijo Hugh, ayudándola a levantarse–. Vamos a tomar una taza de té.

Entraron juntos en la cocina, donde su abuelo se dispuso a calentar agua. Y Lainey lo observaba, cada gesto tan querido para ella…

Tenía que hablarle de la amenaza de Ling. No era justo ocultarle la verdad.

Intentó pensar cómo podía decírselo… al fin y al cabo, su abuelo tenía setenta y tres años. Lo bastante mayor como para saber que no debería haberse jugado el dinero en el casino, desde luego. Pero lo mirase como lo mirase, no había una manera fácil de hacerlo.

—Abuelo.

—¿Sí?

—Lee Ling va a vender la casa. Intenté detenerlo, pero mi jefe se enteró de que estaba trabajando para él y me ha advertido que perderé mi trabajo si vuelvo a verlo. Y si no lo hago, Ling venderá nuestra casa.

—Cariño, te preocupas demasiado. Lee no venderá esta casa, él sabe que le devolveré el dinero.

—Pero abuelo, ¿es que no te das cuenta? No podemos pagar siquiera los intereses de la deuda. Nunca podremos pagar la deuda completa. Ni siquiera podemos pedir un préstamo en el banco porque la escritura de la casa ahora está a nombre de Ling. ¡Vamos a perderlo todo!

La desesperación que había en su voz por fin lo hizo reaccionar.

—¿Tú crees que sería capaz de hacer eso?

—Si me dejaras contarle a mi jefe por qué trabajo para Ling, a lo mejor él…

—¡No! —la interrumpió su abuelo—. Nadie debe saberlo, Lainey. Me prometiste no contárselo a nadie y no debes hacerlo. Si algún periodista se enterase, y tú sabes que lo harían, todo lo que he hecho durante más de treinta años se vendría abajo. Perdería el programa de televisión, la gente me trataría de otra forma… mi legado, mi reputación, el respeto del público… eso es todo lo que tengo, hija.

–Pero abuelo… –Lainey quería ponerse a gritar, preguntarle si ella no era más importante que esa reputación de la que tanto hablaba y que la mayoría del público ya había olvidado.

Pero casi le daba miedo la repuesta.

–Ven, vamos a tomar el té. Ya se nos ocurrirá algo. Ling es una persona razonable.

Ella lo siguió hasta al salón, pero no pudo tomarse el té porque tenía el estómago revuelto y temía acabar vomitando. Hugh no entendía que los hombres como Ling no hablaban en broma… pero no tardaron mucho en descubrirlo.

Estaba en el cuarto de baño a la mañana siguiente cuando su abuelo llamó a la puerta. Dejando el secador, y poniéndose el albornoz, Lainey asomó la cabeza en el pasillo.

–Ling esta aquí –anunció su abuelo, pálido–, con un agente inmobiliario. Han venido a hacer una tasación. Va a poner la casa en el mercado… hoy mismo.

Lainey y su abuelo se sentaron en el sofá del salón mientras Lee Ling y el agente inmobiliario terminaban la inspección de la casa.

–Está en una buena zona y, con el jardín cuidado por el famoso Hugh Delacorte, estoy seguro de que venderla no será un problema –estaba diciendo el agente inmobiliario mientras salía con Ling de la propiedad.

Lainey se sentía enferma. Iba a hacerlo, iba a vender su casa y a dejarlos en la calle. Sin dinero en el banco, no había ninguna esperanza para ellos. Su trabajo era lo único que les quedaba... si Adam no la despedía.

Lainey miró a su abuelo, que parecía más viejo que nunca. No podía dejarlo solo aquel día, pensó. Parecía enfermo. Por fin había entendido cuáles eran las consecuencias del juego, pero aquello ya no era un juego para ninguno de los dos.

Adam colgó el teléfono, exasperado. De modo que Recursos Humanos estaba buscando una secretaria temporal para él porque Lainey había llamado diciendo que se encontraba enferma. Qué conveniente.

¿Cómo se atrevía a esconderse así de él? ¿No se daba cuenta de que eso la hacía parecer más culpable?

Su informador le había dicho que no había aparecido por el casino la noche anterior... ¿habría salido huyendo? De una manera o de otra tenía que enterarse y tenía que hacerlo rápidamente.

De modo que llamó a la firma de investigadores privados que su primo Brent usaba cuando lo necesitaba. Eran discretos y, sobre todo, eran rápidos. Y, a la hora del almuerzo, estaba mirando la información que le había llegado por mensajero.

Le había costado una pequeña fortuna, pero merecía la pena. Las pruebas estaban delante de sus ojos: los pagos que Lainey Dela-corte había hecho a Lee Ling desde su cuenta corriente. Una cuenta en la que ya prácticamente no quedaba nada...

Adam se enfureció al ver una copia del último cheque que le había dado. Y, por si eso no fuera suficiente, hasta su casa, la casa en la que había crecido, le pertenecía ahora a aquel hombre.

Indignado, golpeó el escritorio con el puño, soltando una palabrota. Le había confiado todo en la oficina...

¿Cuántos secretos le habría vendido a Ling?, se preguntó. Adam intentaba concentrarse en lo que podría haberle hecho a las industrias Palmer porque era mucho más fácil que reconocer aquella sensación de vacío en el pecho o los sentimientos que había luchado por mantener escondidos, intentando convencerse a sí mismo de que su relación con Lainey fuera del trabajo era estrictamente una relación carnal.

–¿Señor Palmer? –lo llamó la ayudante temporal desde la puerta–. ¿Le ocurre algo?

–¡Fuera! –gritó él.

Pero luego cerró los ojos y, después de contar hasta diez muy lentamente, se levantó de la silla y asomó la cabeza en el despacho, donde la secretaria estaba sentada, preguntándose qué había hecho para merecer tan grosero tratamiento.

–Perdona. No iba contra ti.

–Sí, claro.

Adam volvió a su despacho y recogió los papeles que habían caído al suelo cuando golpeó el escritorio. La rabia que sentía era como un río de lava. Aunque él no estaba acostumbrado a esos ataques de furia…

¡Maldita fuera Lainey por reducirlo a eso!

Pero, al tomar una copia de la escritura de su casa, vio algo que le pareció extraño. Adam estudió el documento, intentando olvidarse del nombre de Lee Ling, que ahora aparecía en la escritura como propietario. Algo en las fechas no cuadraba… el cambio de nombre había tenido lugar un día después de que volvieran de Russell.

Cuando Lainey volvió a la oficina, después de haberse despedido el día anterior.

¿Qué habría pasado para que cambiase de opinión?

Adam miró de nuevo la escritura y reconoció el nombre de Hugh Delacorte. Hugh Delacorte había sido un personaje famoso de televisión durante muchos años y lo había visto frecuentemente en el casino, pero no se le ocurrió pensar que tuviera alguna relación con Lainey.

Delacorte era un jugador que apostaba mucho dinero… y no tardaría mucho en averiguar si ganaba o perdía.

¿Se habría equivocado sobre Lainey?, se preguntó entonces. ¿Podría ser inocente, manipulada por el evidente cariño que sentía por su abuelo y las nada escrupulosas maquinaciones de un hombre como Ling?

¿Podría empezar a creer que había estado diciendo la verdad sobre todo… incluso sobre sus sentimientos por él?

Lo único que haría falta sería una llamada de teléfono.

Adam guardó los papeles en el sobre en el que habían llegado antes de sentarse tras su escritorio para buscar en su agenda el número de teléfono de Lainey.

Y después de marcar, esperó, tamborileando con los dedos sobre la mesa.

–¿Dígame?

Al escuchar su voz sintió una ola de deseo, pero intentó controlarse.

–Lainey, tenemos que hablar.

–No puedo hablar ahora, Adam. De verdad, no puedo.

–¿Ni siquiera sobre tu trabajo?

Entonces notó que contenía el aliento

–¿Qué ocurre? –le preguntó después, con voz estrangulada–. ¿Es que no he hecho ya suficiente? Por favor, déjame en paz.

Lainey colgó y Adam se quedó con el teléfono en la mano, perplejo.

Pero su tono de voz la había delatado, estaba destrozada. Con la presión que había puesto sobre ella, por no hablar de las demandas que hubiera hecho un hombre como Ling, era absolutamente lógico.

Tomando las llaves del coche, Adam salió de la oficina. De una manera o de otra iba a solucionar aquello de una vez por todas.

–¿Señor Palmer? –lo llamó la secretaria.

–Más tarde. Volveré más tarde.

–Pero…

Fuera lo que fuera lo que iba a decir, Adam no lo oyó porque las puertas del ascensor se habían cerrado.

El viaje hasta la casa de Lainey le dio una oportunidad para pensar en lo que iba a hacer. Pero lo primero era lo primero; tenía que averiguar por qué era tan importante para él saber que Lainey estaba bien. Sí, había sido su ayudante durante dos años y medio, pero era mucho más que eso. Muchísimo más.

Por fin, estaba dispuesto a admitir por qué la idea de compartir a Lainey con otro hombre le resultaba insoportable. La quería sólo para sí mismo y era mucho más que deseo. De alguna forma, en algún momento y a pesar de sus intenciones, se había enamorado de ella. Ahora lo único que tenía que hacer era convencerla de que hablaba en serio… pero tal y como la había tratado, seguramente iba a ser la pelea más difícil de toda su vida.

Adam detuvo el BMW detrás de un coche aparcado en la puerta de la casa. En el jardín, un agente inmobiliario estaba colocando el cartel de *Se Vende*.

De modo que ése era el juego de Ling. Iba a vender la casa…

Adam apretó el volante con tal fuerza que sus nudillos se volvieron blancos. Lee Ling era un canalla, no había la menor duda.

Aunque él no se había portado mejor que ese canalla.

Era lógico que Lainey estuviera tan angustiada cuando llamó por teléfono. Todo su mundo se iba hundiendo poco a poco y ella no podía hacer nada.

De repente, Adam cambió de plan. Durante todo el camino había ido preguntándose cómo podría hacer que Lainey le diese otra oportunidad. Y ahora, allí, delante de sus ojos, tenía esa oportunidad.

De modo que salió del coche y se acercó al agente inmobiliario para hablar con él. Y sólo tardó unos minutos en volver al BMW para dirigirse a la oficina con una sonrisa en los labios.

Sus abogados se subirían por las paredes cuando supieran lo que había hecho, pero Adam Palmer no tenía que darle explicaciones a nadie… salvo a la mujer de la que estaba enamorado.

Capítulo Trece

–Me voy, Callie. Y no tengo intención de volver a la oficina hasta mañana, así que puedes irte –le dijo a la ayudante de su madre.

Callie, la ayudante de su madre en la Obra Social de Industrias Palmer, era la única que había podido trabajar con él durante toda la semana porque había espantado a todas las secretarias temporales.

Y también lo había intentado con Callie, pero ella llevaba tantos años trabajando para la familia Palmer que no se dejaba amedrentar.

–¿Podemos esperar al antiguo Adam en la oficina cuando vuelvas? –suspiró la mujer.

–Tan mal me he portado, ¿eh?

–No, peor.

–Sí, es cierto –admitió él, con una sonrisa.

–Ve a solucionar el problema que tengas y que está volviendo loco a todo el mundo, por favor.

Adam no hubiese tolerado ese comentario de nadie más que de Callie, encargada de coordinar los proyectos más importantes de la Obra Social de Industrias Palmer, que dirigía su madre. Llevaba con ellos en un puesto u otro desde que era una adolescente y prácticamente la consideraban de la familia.

–Haré lo que pueda –le dijo mientras iba hacia el ascensor.

Debía admitir que se había portado como un ogro durante toda la semana. Lainey no había vuelto a la oficina y cada día tenía que controlar su desilusión porque seguía escondiéndose de él. Sólo podía imaginar lo mal que debía estar pasándolo, pero aquel día todo terminaría.

Aquel día él terminaría con la tortura de Lainey y, con un poco de suerte, con la suya también.

Adam maldijo el tráfico que retrasaba su llegada a casa de Hugh Delacorte, pero finalmente estaba allí y recorrió la distancia desde el coche hasta la puerta en unos segundos, deseando tenerla entre sus brazo otra vez.

Pulsó el timbre y esperó, golpeando el suelo con el pie, impaciente. Un segundo después oyó ruido de pasos y entonces, por fin, la puerta se abrió.

Pero al ver a Lainey fue como si lo golpeasen en el pecho. Parecía enferma de verdad; pálida, sus ojos verdes hundidos, demacrada…

Adam levantó una mano para tocar su cara, para decirle que todo iba a salir bien pero, para su sorpresa, Lainey se apartó.

–¿Qué quieres? –le espetó, con voz helada.

–¿No podemos hablar?

–¿De qué vamos a hablar? En serio, Adam, ¿no puedes esperar hasta la semana que viene?

–¿Hasta que decidas dejar de esconderte y volver a la oficina?

«Hasta que decidas volver a mí».

–¿Esconderme?

–¿Cómo lo llamarías tú?

–Mira, ahora mismo no me apetece hablar de esto…

Lainey iba a cerrar la puerta, pero Adam se lo impidió poniendo el pie.

–Lo único que quiero es hablar, Lainey. Me debes eso al menos.

–¿Yo te debo algo? –exclamó ella entonces–. No, no te debo nada. A menos que no estés satisfecho con lo que has recibido a cambio del dinero que pagabas, en cuyo caso tengo cinco minutos y algún preservativo por algún sitio.

Adam apretó la mandíbula. El insulto demostraba claramente qué lo había alejado de él.

–Lainey, tú sabes que necesitaríamos mucho más de cinco minutos.

Ella, colorada, se envolvió un poco más con el albornoz. Aunque Adam miraba su rostro, negándose a mirar su cuerpo para no complicar las cosas. Tenía que entender que no estaba allí para acostarse con ella.

–Entonces, tal vez quieras acusarme otra vez de ser desleal a la empresa Palmer y a ti –siguió Lainey, con un brillo de desafío en sus ojos verdes.

–Sólo quiero hablar contigo –suspiró Adam–. ¿Me dejas entrar?

Fuera su tono o la humildad con que había hecho la petición, Lainey dio un paso atrás y le hizo un gesto con la mano para que entrase.

–Será mejor que vayamos al cuarto de estar –murmuró, precediéndolo después de cerrar la puerta.

Adam vio cajas amontonadas en una esquina, estanterías de las que habían empezado a quitar libros y objetos decorativos, un rollo de cinta adhesiva sobre la mesa…

Y lamentó no haber podido ir antes para evitar que empezasen a desmantelar la casa que tanto significaba para ella.

Esperó que Lainey se sentara y eligió el sillón que había justo enfrente para mirarla a los ojos. Quería toda su atención. Era vital que lo escuchase y entendiera por qué estaba haciendo aquello.

–Siento mucho que todo esté tan desordenado –se disculpó ella. Y, de nuevo, había una nota de desesperación en su voz.

Adam tuvo que hacer un esfuerzo para contenerse. Sabía que podría borrar su rictus de preocupación con un par de palabras, pero tenía otras cosas importantes que decirle antes de eso.

–Imagino que debe ser terrible para ti tener que desmantelar la casa. Por lo que me contaste en Russell, sé que este sitio significa mucho para ti.

Lainey asintió, mirándose las manos.

–Sí, pero al final sólo es una casa, ¿no? Mi abuelo y yo encontraremos otro sitio en el que vivir. No será como esta casa, pero es la gente la que hace un hogar y siempre tendremos los recuerdos.

–Sé lo de tu abuelo, Lainey.

Ella levantó la cabeza, sorprendida.

–¿Qué quieres decir?

–Sé lo del juego y sé que tú hiciste todo lo que estaba en tu mano para pagar a Ling, incluso aceptar ser su acompañante en el casino –Adam suspiró–. Incluso acostarte conmigo.

La miraba directamente a los ojos, unos ojos que ahora se habían empañado. Lainey negó con la cabeza, al principio despacio, luego con más vehemencia.

–No, no era por eso.

–¿No era por eso?

–No me acostaba contigo por el dinero –le confesó ella abruptamente, su voz estrangulada de emoción.

Adam esperó que continuase.

–Me pediste que fuera tu acompañante, como lo era de Lee. Jamás me acosté con él y jamás lo hubiera hecho. Lo que hacía era actuar como cebo para sus clientes –Lainey hizo una mueca de asco–. Un cebo para gente como mi abuelo que, coaccionados por la presencia de una mujer guapa de su brazo, se arriesgaban más, apostaban más dinero. Así que no, no me acostaba contigo por dinero.

Adam asintió con la cabeza.

–Me alegro. Ojalá lo hubiera sabido desde el principio.

–¿Cómo te has enterado de lo de mi abuelo? –le preguntó Lainey entonces–. Me hizo prometer que no se lo contaría a nadie y se llevaría un disgusto terrible si pensara que te lo he contado.

–Ya imagino.

–El lunes pasado le supliqué que me dejase contártelo, pero no me dejó… porque eso hubiera destruido su reputación.

Adam se mordió la lengua para no decir lo que pensaba de Hugh Delacorte. Si se hubiera portado como un hombre y aceptado que tenía una adicción, si se hubiera hecho responsable de sus deudas como debía, Lainey nunca habría tenido que pasar por todo aquello.

Pero si Hugh fuera el santo que todos creían, Lainey seguiría escondiéndose bajo esos aburridos trajes de chaqueta y tras las lentillas marrones y Adam seguiría sin saber el tesoro que había debajo de todo eso.

Aunque era terrible admitirlo, Hugh Delacorte le había hecho un enorme favor y sólo por eso estaba dispuesto a hacer concesiones.

Respirando profundamente, y soltando el aire después para calmarse un poco, Adam sacó la escritura de la casa del bolsillo para dársela a Lainey.

–¿De dónde has sacado esto? –preguntó ella, perpleja.

–Tenía que saber por qué estabas con Ling. Tenía que saber si tú podías ser la espía que estaba vendiendo información a la corporación Tremont… sé que no ha sido un gesto muy noble por mi parte y que mi desconfianza era injusta, pero tenía que hacerlo. Si no hubiera estado tan obsesionado contigo, no habría tenido que buscar tan lejos para encontrar la verdad, pero me alegro porque si no, no habría podido hacer esto por ti.

Adam volvió a meter la mano en el bolsillo para sacar la escritura que el notario le había enviado esa misma mañana. Y después de entregársela se quedó esperando, sin atreverse a respirar mientras ella abría el documento.

–Pero… no lo entiendo –empezó a decir–. Aquí dice que la casa está a nombre de Hugh Delacorte –Lainey miraba el papel, sujetándolo con manos temblorosas–. Y el cambio de nombre se ha hecho hoy mismo. ¿Por qué?

–Le he comprado la casa a Ling y le he pedido al notario que la registrase a nombre de tu abuelo. Y sus deudas están pagadas, de modo que sois libres, no le debéis nada a ese hombre.

–¿Pero… por qué has hecho eso? Ni siquiera conoces a mi abuelo y yo… yo no soy nada para ti.

Adam se inclinó un poco para tomar sus manos.

–No conozco a tu abuelo, pero sé que ha sido por él por quien he podido verte de otra manera. Verte de verdad y desearte como a nadie. Lo he hecho por ti, Lainey. Tenía que devolverte lo que habíais perdido, tenía que demostrarte que ahora sé que estaba equivocado al desconfiar de ti... y tratarte como lo he hecho. Si no hubiera estado tan celoso de Ling habría sido capaz de aceptar lo que sentía por ti, pero me convencí a mí mismo de que era más fácil darte dinero que admitir lo que me estaba pasando.

–Adam...

–Te quiero, Lainey. Y siento muchísimo, no sabes cuánto lo siento, habértelo hecho pasar tan mal mientras intentaba convencerme a mí mismo de que no eras nada para mí.

–¿Me quieres?

–Más que a nadie –admitió él, con una sonrisa.

–Pero...

Adam puso un dedo sobre sus labios.

–Te quiero y quiero compensarte por haberte tratado tan mal. Quiero cuidar de ti y si eso significa darle a tu abuelo munición para que vuelva a destruirse a sí mismo, estoy preparado para enfrentarme con las consecuencias. Pero te prometo que la próxima vez, si hay una próxima vez, no te destruirá a ti también.

–Esto es demasiado, Adam. No puedo aceptarlo... nunca podríamos pagarte.

–No estamos hablando de dinero –suspiró él–. ¿Es que no lo ves? Estoy hablando de ti y de mí. Es hora de que tu abuelo se haga responsable de sus errores y no te haga pagar a ti por ellos. Si quiere devolverte el dinero, tendrá que buscar ayuda profesional. Tiene que dejar de jugar para siempre y tú... –Adam vaciló un momento, mirándola a los ojos– tienes que darte cuenta de que no puedes hacerte responsable de sus errores.

–Pero es mi abuelo. Él lo dejó todo para cuidar de mí cuando mis padres murieron y le debo mucho... –Lainey hizo una mueca–. Déjalo, tú no lo entenderías.

–Caro que lo entiendo. Sé muy bien lo que significa sentirte en deuda con tu familia, tanto que haces lo que sea para asegurarte de que sean felices... incluso por encima de tu propia felicidad. Yo no nací solo, tenía un hermano gemelo que murió unos días después del parto. Mi madre no pudo tener más hijos después de eso, de hecho le advirtieron que no debería tenerlos. Cuando se quedó embarazada de gemelos pensaron que todos sus ruegos habían sido escuchados, pero sólo sobreviví yo, así que sé lo que sientes. Sé que es el sentimiento de culpa del superviviente y sé que seguirás preguntándote por qué tú sobreviste al accidente en el que murieron tus padres porque yo me hago la misma pregunta sobre mi hermano –Adam dejó escapar un suspiro–. Durante toda mi vida he intentado compensar a mis padres por perder a ese niño, ser dos veces el hijo que consiguieron al final. Pero nada de eso importa porque sé que me quieren. Cuando mi hermano murió, mi padre intentó consolar su pena trabajando como nunca y yo siempre he sabido que estaría allí, al timón con él un día, porque era mi sitio.

–No sabía nada de eso –murmuró Lainey.

–No, claro, porque nunca te lo había contado. Mi madre se ocupó de ayudar a niños con problemas o sin padres desde entonces. Supongo que la ayudó mucho, pero siempre he tenido la impresión de que yo no era suficiente para ella… que necesitaba a esos otros niños para llenar el vacío que la muerte de mi hermano había dejado. Y yo… bueno, yo siempre he sido la mitad de un todo.

El corazón de Lainey se llenó de compasión por el niño que había sido y por el hombre en el que se había convertido, el hombre que había dicho que la quería.

–¿Cómo no van a quererte? Tú eres casi perfecto… no, en serio. ¿Sabes una cosa? Cuando empecé a trabajar para ti me dabas pánico. Estaba tan nerviosa por hacerlo todo bien que metía la pata constantemente. Pero con el paso del tiempo empecé a ver que, en lugar de ser un simple perfeccionista, era tu compromiso con tu familia, tus empleados y tus clientes lo que te hacía trabajar tanto. Estaba medio enamorada de ti incluso antes de que pasaran seis meses. Y sé que tienes razón, que yo no soy responsable de los errores de mi abuelo, pero imagino que entenderás por qué debo cuidar de él. Él es lo único que tengo en el mundo y yo soy todo lo que él tiene.

–Entonces solucionaremos juntos el problema. ¿Me dejarás ayudarte?

–Sí, sí, claro que sí –sonrió Lainey–. Yo no puedo solucionarlo sola. Me he metido en tantos líos… cuanto más intentaba ayudar, más lo estropeaba.

–Pero si no hubiera sido por la deuda de tu abuelo probablemente yo no habría visto nunca a la chica que había bajo los trajes aburridos –sonrió Adam–. Nunca habría conocido a la auténtica Lainey Delacorte.

Lainey se quedó sin aire cuando empezó a acariciar su cuello, deslizando la mano por el escote del albornoz.

–Y hay otra cosa –dijo Adam entonces, tirando de ella para levantarla del sofá–. ¿Quieres casarte conmigo, Lainey? ¿Quieres hacer que me siente completo al fin?

–Sí, por supuesto –sonrió ella, su corazón estallando de amor–. Claro que me casaré contigo.

Adam inclinó la cabeza para buscar sus labios, sus lenguas uniéndose como un día, muy pronto, ellos estarían unidos para siempre.

Epílogo

Lainey sostenía el ramo de flores con manos temblorosas. El cielo de octubre había amanecido claro, sin nubes, y el jardín, más bonito que nunca gracias a su abuelo, estaba lleno de invitados. Aquel día iba a empezar una nueva vida… y no podía sentirse más feliz o más llena de promesas.

Apartando la cortina de encaje de la ventana, Lainey vio que su abuelo se acercaba a Adam para llevarlo aparte y vio que Adam inclinaba a un lado la cabeza, escuchando atentamente. Lainey contuvo el aliento cuando Hugh sacó un sobre del bolsillo del esmoquin y respiró de nuevo cuando Adam lo aceptó y abrazó al anciano en un gesto que lo decía todo.

Si era posible, amaba a su prometido más que nunca en aquel momento. Adam entendía que Hugh era un hombre orgulloso y, aceptando el sobre, le había devuelto su orgullo.

Aquel día su abuelo le había devuelto el dinero de la casa y, por fin, podía decir que era suya de nuevo. Habían sido cinco largos y difíciles meses, pero después de aceptar que necesitaba ayuda profesional, su abuelo por fin parecía haber controlado su adicción al juego.

Incluso aceptó ser el portavoz de una asociación nacional para prevenir los daños que causaba esa adicción, de modo que había tenido que hacer público su problema. Pero todo había merecido la pena.

Lainey sabía que seguía siendo vulnerable a los encantos del casino y a la emoción de las apuestas, pero también sabía que con el apoyo de su ahora extensa familia y el respeto que se había ganado por su lucha para recuperar el control de su vida, Hugh estaba en el buen camino.

Entonces vio a Adam estrechando la mano del profesor Woodley, uno de sus antiguos profesores del colegio Ashurst, que parecía tan orgulloso como si fuera su padre. El corazón de Lainey dio un salto cuando Adam se colocó bajo el baldaquín de flores, flanqueado por sus dos mejores amigos, Draco Sandrelli, cuya embarazada esposa, Blair, estaba sentada en la primera fila y Brent Colby, su primo, que sólo tenía ojos para su mujer, Amira.

Que Draco y Blair asistieran a la boda había sido una inesperada y encantadora sorpresa. Iban a tener el niño en Toscana, en la casa familiar de los Sandrelli, pero habían ido a Auckland para que Draco pudiese estar al lado de su amigo en el día más importante de su vida.

¿Quién hubiera pensado que los tres amigos iban a estar casados en el plazo de un año?

Lainey sonrió para sí misma. Las revistas del corazón tendrían que buscar otros solteros a los que fotografiar.

–¿Estás lista? –oyó la voz de su abuelo, que había entrado en al habitación para tomarla del brazo.

–Definitivamente –sonrió ella.

–Estoy muy orgulloso de ti, hija –dijo Hugh, con los ojos empañados–. Y sé que tus padres también estarían orgullosos.

–Gracias, abuelo –Lainey se inclinó para darle un beso en la mejilla–. Creo que es justo decir que el sentimiento es mutuo.

No había sido fácil para ninguno de los dos, pero Hugh había salido reforzado. Y más querido que antes.

Juntos salieron al porche y su corazón dio un salto cuando sus ojos se encontraron con los de Adam.

Adam Palmer era el hombre de sus sueños, su vida entera, y estaba deseando casarse con él delante de los amigos y la familia.

Lainey sonrió, sólo para él, mientras se acercaba por el camino cubierto de pétalos de rosa. Estaba emocionada, anticipando su reacción cuando le diese la noticia que guardaba.

Su abuelo la dejó bajo el baldaquín de flores, a su lado, y Lainey le dijo al oído:

–Enhorabuena.

–¿Por tener el buen juicio de casarme contigo? –sonrió Adam.

—Bueno, también. Pero no es eso —dijo ella, mirándolo a los ojos—. Vas a ser papá.

Él la miró, sorprendido durante una décima de segundo. Y luego, con una expresión de intensa alegría, la tomó entre sus brazos para besarla.

—¡Un momento, primo! —intervino Brent, riendo—. Se supone que no debes hacer eso hasta después de la ceremonia.

Adam no apartó los ojos de Lainey mientras contestaba:

—Algunas cosas no pueden esperar.

La ceremonia fue muy sencilla, unas cuantas palabras bien elegidas que los unían para siempre. Pero cuando Lainey apretó la mano de su flamante marido y giró la cabeza hacia el grupo de invitados supo que las palabras no importaban tanto como la promesa que había hecho en su corazón de amarlo para siempre y saber que él la amaba de la misma forma.

Deseo™

Aventura secreta

MAYA BANKS

Tras una increíble noche de pasión,
Jewel Henley descubrió que el exótico
extranjero que la había vuelto loca era
su nuevo jefe, Piers Anetakis. Y antes
de poder ofrecerle una explicación, se
encontró sin trabajo… y embarazada.
Cinco meses después, Piers al fin dio
con ella. Decidido a explicarle los errores cometidos, se encontró con una
innegable evidencia: Jewel estaba embarazada de su hijo. Su honor griego
le exigía pedirle matrimonio pero,
¿había entre ellos algo más que luju-
ria? ¿Bastaría para que su matrimonio
de conveniencia durase?

Embarazada del magnate

¡YA EN TU PUNTO DE VENTA!

Acepte 2 de nuestras mejores novelas de amor GRATIS

¡Y reciba un regalo sorpresa!

Oferta especial de tiempo limitado

Rellene el cupón y envíelo a

Harlequin Reader Service®
3010 Walden Ave.
P.O. Box 1867
Buffalo, N.Y. 14240-1867

¡Sí! Por favor, envíenme 2 novelas de amor de Harlequin (1 Bianca® y 1 Deseo®) gratis, más el regalo sorpresa. Luego remítanme 4 novelas nuevas todos los meses, las cuales recibiré mucho antes de que aparezcan en librerías, y factúrenme al bajo precio de $3,24 cada una, más $0,25 por envío e impuesto de ventas, si corresponde*. Este es el precio total, y es un ahorro de casi el 20% sobre el precio de portada. !Una oferta excelente! Entiendo que el hecho de aceptar estos libros y el regalo no me obliga en forma alguna a la compra de libros adicionales. Y también que puedo devolver cualquier envío y cancelar en cualquier momento. Aún si decido no comprar ningún otro libro de Harlequin, los 2 libros gratis y el regalo sorpresa son míos para siempre.

416 LBN DU7N

Nombre y apellido	(Por favor, letra de molde)
Dirección	Apartamento No.
Ciudad	Estado	Zona postal

Esta oferta se limita a un pedido por hogar y no está disponible para los subscriptores actuales de Deseo® y Bianca®.
*Los términos y precios quedan sujetos a cambios sin aviso previo.
Impuestos de ventas aplican en N.Y.

SPN-03

Bianca™

Pretendía vengarse llevándosela a la cama…

La temible reputación de Dimitri Kyriakis no deja la menor duda sobre lo implacable que puede ser en una sala de juntas. Pero el principal asunto en la agenda personal de este magnate es algo muy personal: quiere vengarse de su padre. Andreas Papadiamantis.

¿Y qué mejor manera de hacerlo que seduciendo a Bonnie, el último juguete de Andreas? La inocente Bonnie había sido contratada como enfermera de Andreas, pero Dimitri se niega a creer que no esté buscando una parte de la fortuna familiar.

Sólo después de hacer el amor con ella descubre que había estado diciendo la verdad…

La amante inocente del griego

La amante inocente del griego

Diana Hamilton

Deseo™

Pasión arrebatadora

CATHERINE MANN

Aparentemente, Bella Hudson tenía el mundo a sus pies pero, en el ámbito privado, su vida era un auténtico desastre: una ruptura humillante, paparazzi persiguiéndola… La estrella de Hollywood necesitaba escapar y encontró lo que buscaba disfrutando de una noche de placer lejos de los focos en la cama del magnate hotelero Sam Garrison.

Sin embargo, eso no era suficiente para él y, con tal de tenerla a su lado, estaba dispuesto a desafiar a los medios que tanto aborrecía. Aunque no quisiera admitirlo, se había enamorado de Bella y no iba a dejarla marchar tan fácilmente…

Huyendo de su ajetreada vida encontró una pasión tumultuosa